别在最能吃苦的岁月选择安逸

冷然 谢小丁 著

新世界出版社
NEW WORLD PRESS

图书在版编目（CIP）数据

别在最能吃苦的岁月选择安逸 / 泠然，谢小丁著. --北京：新世界出版社，2016.7
ISBN 978-7-5104-5619-0

Ⅰ.①别… Ⅱ.①泠… ②谢… Ⅲ.①散文集-中国-当代 Ⅳ.①I267

中国版本图书馆CIP数据核字（2016）第040884号

别在最能吃苦的岁月选择安逸

作　　者：泠然　谢小丁
责任编辑：张杰楠
责任校对：宣慧
责任印制：李一鸣　黄厚清
出版发行：新世界出版社
社　　址：北京西城区百万庄大街24号（100037）
发行部：(010) 6899 5968　(010) 6899 8705（传真）
总编室：(010) 6899 5424　(010) 6832 6679（传真）
http://www.nwp.cn
http://www.nwp.com.cn
版权部：+86 10 6899 6306
版权部电子信箱：nwpcd@sina.com
印　　刷：北京亚通印刷有限责任公司
经　　销：新华书店
开　　本：880mm*1230mm　1/32
字　　数：140千字　　印张：7.5
版　　次：2016年7月第1版　2016年7月第1次印刷
书　　号：ISBN 978-7-5104-5619-0
定　　价：32.80元

版权所有，侵权必究

凡购本社图书，如有缺页、倒页、脱页等印装错误，可随时退换。
客服电话：(010) 6899 8638

岁月给予的一切,都是厚待。
我愿用一朵花开的时间,
去等待,
你的路过!

许诺自由的灵魂给自己。
你要相信,
那些最难抵达的地方,
最值得抵达。

或许败北，或许迷失自己，
或许哪里也抵达不了，
但为了那些值得等待值得寻求的东西，
你仍要竭尽全力去活。

你若在场,
我的世界会更好。
不过请放心,
你若不在,
我一个人也会好好活。

前 言

岁月给予的一切,都是厚待

上周末,我去咖啡馆闲坐。

点一杯老板自制的炭烧咖啡,一份手工烘焙甜点,整个人倚在二楼大窗户前的沙发上,懒散得刚刚好。

外面阳光明媚,照在胡同深处的树杈和灰色砖墙上,投下生动的光影。忍不住拍了一张照片发到朋友圈。

很快有人评论:偷得浮生半日闲。羡慕。

本意只是想说,那阳光下的光影,多美。未曾想,却换来一句"羡慕"。

这样的阴差阳错,倒也刚刚好。

我当然也有小小的虚荣心,这浮生的半日之闲,美好如斯的心情,想要被人看见,想让人看了就心生艳羡。

当然,羡慕的人们,并不知道我赶方案赶到昏天黑地,焦头烂额地熬过多少日夜,不知道我被总

监和客户骂过之后躲在哪里独自哭泣,不知道当我拼命努力也没办法得到任何肯定时的悲惨心情。他们不知道,我是经历了怎样忙乱、繁重、压力重重以至于胃痛的一周工作,才终于有了闲情坐在咖啡馆里,看时光和风景沉淀在眼底,无限温柔。

道一句羡慕,多么容易。这会让人以为,一个人之所以不能活得像社交网络里的朋友那样光鲜美好,是因为岁月不曾厚待他,幸运不曾垂青他。

其实不是的。

那天有人问我,假如给你一台时光机,你是愿意回到过去,还是去看看未来?

"当然是回到过去啊!"我说,"那么多的遗憾,都想要弥补,如果可以回去指点十年前、五年前的自己,不走那条弯路,不犯下那个错误,人生该有多完美。"

但当我坐在咖啡馆里,遥遥看向窗外的湛蓝天空时,我忽然想,此时此刻的我,其实已经很完美了。

记得十年前，自己还是个懵懂的小女孩，见过的世界只有一点点大，梦想的边界也只敢收紧在眼前手边。

也记得五年前的自己，刚刚毕业，以为自己长大了，成熟了，却在面对一无所知的未来时，仍然胆怯无措，连去哪座城市、做什么工作都决定不了。

而今天，我在自己最爱的城市里，为生活奔忙，为理想拼命，坐在它的怀里享受时光和生活，一点一点成长为自己喜欢的样子。

所以我想，即使真的回到过去，我也没什么要改变的。

无论时光倒流多少次，我一定还会做出相同的选择，走同样的弯路，犯同样的错误，在同一个夜晚痛哭流涕，在同一个清晨迎着阳光重新走出去。

岁月并没有厚待任何人。

每个人，都是要付出才会有收获，要迷茫过才会拥有清醒的目光，要受过许多伤，才能让那些伤痛处成为自己最强大的地方。

咖啡馆的年轻老板娘，是我熟识的朋友。她从国外留学回来，和男朋友一起开了这家店。我想，对她说羡慕二字的人，应该更多。

一问，果然如此。

她笑道："我也羡慕我自己呢。"

笑得那样明媚,仿佛生活美好得不带一根尖刺,从不曾将她刺伤。

怎么可能呢?

早年她去欧洲留学时,和父母闹翻,与男友分手,一个人孤零零去了异国,过了整整一年才交到朋友。刚开始拿不到奖学金,找不到打工机会,生活陷入绝境,有一段时间,每天只吃得起一个面包。学业压力最大的时候,她甚至得了失眠症、厌食症。

很多次,她都觉得自己绝对撑不下去了。

但如今她和心爱的男友在一起,辞掉在欧洲的工作,刚刚结束环游世界的旅行,回来开了一家咖啡馆,过上了梦寐以求的生活。

这是她应得的生活。

如果可以,我们都希望人生不必经历那些怎么也走不出去的绝望,不必见识这个世界不由分说的、谁也无力改变的残酷,不必在最好的年华里,爱不了想爱的人,做不到想做的事,青春灰暗,梦想搁浅……

但你终有一天会发现,岁月给予你的一切——所有的伤痛、磨难、磕磕绊绊、跌跌撞撞,都是最好的厚待。

目 录

第一章　没什么能够阻挡你对未来的向往

一个人，又有什么不好 /002

在叛逆的路上一路狂奔 /009

强迫症女孩 /014

从来没有糟糕的生活，只有不用心的人 /022

你要相信黎明终会抵达 /027

第二章　此生有梦可依，免我颠沛流离

你的归宿是自己 /034

要有多努力，才能看起来不费力 /039

将自己抵押给更美好的事物 /045

去做让你义无反顾的事 /051

梦想还是要有的，万一实现了呢 /057

第三章　在带刺的红玫瑰上,采下冬天的歌谣

所有的结局都是最好的结局　/064

公主只在童话里　/070

人生在世,好好感受　/076

一切恐惧都来源于想象　/081

强大是最狠的报复　/087

第四章　从繁花不惊的时光里出逃

你问我要去向何方,我指着大海的方向　/096

那些暗淡的光芒来不及绽放　/103

波澜壮阔的青春是岁月闪耀的内存　/110

生活如此尽兴,我又满血复活　/113

幸运是满满的实力　/116

第五章　你当竭尽全力，老天自有安排

那些年，你曾与孤独为伴 /122

决不接受从未努力过的自己 /127

年龄只是一个数字 /133

永远不要认为你可以逃避 /138

不必在意被世界亏待的日子 /143

第六章　用一朵花开的时间去等待

等待是件很隆重的事 /150

谁的青春不迷茫 /155

慢下来的时光 /163

默默忍冬，等待春天 /169

总有一天，你会做回自己 /174

细水长流之前，把风景看透 /181

第七章　愿有人陪你到天明

你若尚在场,世界会更好 /188

与你的软弱握手言和 /194

平凡是必然,不是选择 /200

我们都会变成更好的自己 /206

只在自己的故事里绽放 /212

第 一 章　　没什么能够阻挡
　　　　　　　你对未来的向往

许诺自由的灵魂给自己。
你要相信,
那些最难抵达的地方,
最值得抵达。

一个人，又有什么不好

不要因为暂时是一个人，就放弃自己想做的事，放弃过更好的生活——哪怕只是看一部电影，开始一段旅行，也要让生命过得精彩。

一个人。

意味深长的三个字。

一个人的时光和生活，是好是坏，全在一念之间。

太多的人不知道怎么过好一个人的生活，所以日剧《孤独的美食家》、美食短篇《一人食》，人气高得令原创作者都始料未及。孤独的进食方式，不孤独的食物美学，似乎是形单影只的都市人最需要的正能量——一个人也要好好吃饭，一个人也要过得精致温暖。

多么治愈人心。

看着他们将一个人的日子过得那么滋润自在，你会觉得"孤独""寂寞"这些词看起来也不那么可怕了。

为什么不呢？假如你真是一个人，那就骄傲地宣称自己正享受着奢侈的孤独。

网上曾有人将孤独的程度分成好几级，譬如第一级是一个人逛超市，第二级是一个人去快餐厅……直到最后几级：一个人去游乐园，一个人搬家，一个人动手术。一路看下来，感觉越来越凄惨，但结果也只是引来无数人的自嘲：这就是我的真实生活写照。

这自嘲背后透露出的意味似乎是：谁想孤零零一个人呢？可是没办法。既然没办法，那就只能一个人把日子过好，一个人去做所有的事。就算看起来凄凉，也好过为此悲观绝望。

无数人对孤独的自嘲，加起来就变成一场安慰孤独的狂欢。你看到这世上还有人和你一样，宁缺毋滥，仍然在等待着一个对的人走进自己的生命；你看到很多人都和你一样，独自坚强，独自脆弱，独自向往梦想，为未来而奋斗，会觉得孤单也没什么大不了。

骄傲也好，自嘲也罢，总算都是接纳。可惜这世上总有人将"一个人"视为洪水猛兽，避之唯恐不及。

某位同事，20岁出头的小姑娘，资深吃货一枚，最头疼的事情就是独自用餐时遇上熟人。原本，她喜欢四处寻觅美食，因为找不到和她口味喜好相同的人，大多数时候是一个人。她自己不觉得有什么问题，但身边的朋友、同事总是大惊小怪，所以她总是尽量避开熟人常去的餐厅。

一次，朋友送了一张高级日本料理的优惠券给她，她加班后独自去吃，谁知却遇上了同事和同事的男友。两人吃完正要离开，看到她，过来打招呼，问她："你的朋友还没到？"两人都理所当然地以为她是约了朋友一起过来的。

她不擅长撒谎，实话实说是一个人。

两人立刻睁圆了眼睛："怎么一个人来吃呢？可惜我们已经吃完了，不然可以陪你一起的……"然后，他们一脸同情地走了。

小姑娘本来吃得很自在，此时面对一桌子美食，忽然就没了胃口。

一个人，有什么不好？

从来不觉得"一个人享受美食""一个人享受时光"是件羞耻的事。

有人陪伴当然很好，两人或者多人在一起的乐趣，独自一人的时候无法体会。但独处的乐趣，也同样难得。

两年前，《少年派的奇幻漂流》上映时，我一个人去看夜场。在IMAX大影厅里，身边无人打扰，透过3D眼镜看着巨大荧幕上波澜壮阔的大海和在暴风雨中嘶吼的少年，我被深深震撼，几乎热泪盈眶。

从影院出来已过零点，打车回家。司机问我怎么这么晚了一个人在外面，我当时还沉浸在少年派的世界里，随口告诉他去看电影了。他听了居然竖起大拇指："一个人去看电影，姑娘，好样的！"分不清他是真心夸赞还是刻意调侃。

接下来,他开始絮絮叨叨:"一个女孩子,这么晚了不安全,以后不要这样了,看电影可以早点去嘛……"

我安然靠在车的后座上,一边听他唠叨,一边望着窗外微笑,那是一个滴水成冰的寒冷夜晚,我却觉得很温暖。

我常常和朋友、恋人一起去看电影,也常常一个人去看。如果有想看的电影,朋友、恋人却没有时间作陪,或者遇上更适合独自观看的电影,我都会果断地选择独自前往电影院。

《少年派的奇幻漂流》这部电影,我盼了一年多,当初是和男友约好上映后一起去看的,好不容易等到上映,我却已和男友分手。

我当时问自己,难道因为分手,就不去看我期待已久的电影了?

对电影的热爱,最终战胜了分手对我的打击。

我很庆幸。

这件事情让我真切地感受到,我是自己的主人,是自己情感、生活、心灵的主人,我为此感到安心、自足。

也许你觉得我小题大做。

但当你看到那么多人因找不到人陪伴而放弃自己想做的事时,就会明白,一个人迈出脚步,做出改变,是一件多么艰难又多么必要的事。

一次朋友聚会，我聊起不久前独自去旅行的事，说起在异地遇见的人，看到的风景，等等。一个女孩听完说："好羡慕你。"又告诉我她想去哪些地方。

"既然想去，怎么不去？"我问她。

"你去的地方适合一个人去，可是我想去的那些地方，都比较适合两个人一起去啊。"她苦着脸，"谁让我单身，没有男朋友呢。"

言下之意，是要等交到男友再去。

这也无可厚非。但我很想问她：假若一直交不到男友，你就一直不去吗？再假设，男友不喜欢旅行，到时怎么办？且不说他不愿意陪你一起去，即使出于爱意，或者为了满足你的要求，他愿意陪你一起去，恐怕你们也不会玩得开心吧？

谁能说两个人一起漫步海边看到的夕阳，一定比一个人看到的更美？

有个女孩，被父母送去加拿大一个小镇读高中，那时她英语不够好，很难和当地人交上朋友，而学校的华人圈里又多是讲粤语的人，她融不进去，所以做什么事情都是一个人。用她的话说就是：

一个人去中餐厅吃自助。

一个人看书，学习，看电影。

一个人去购物，然后把勒痛了左手的购物袋递给右手，嘴里说:"喏,给你。"

一个人去滑雪,摔伤了脚,强忍着疼痛把重心放在另一条腿上,勉强从山上滑下来。

一个人生病,把药和吃的沿着床头摆成一列,这样即便不能起床,也不会挨饿。

后来,她去另一个城市上大学,原本在假期之前就已经订好了住处,谁知房东临时变卦,在她抵达的第二天就让她搬走。于是,她一个人在异国的街头寻找住处,直到深夜。

终于找到了一间便宜的房子,可房间里什么也没有,她就一个人跑到宜家买了家具,叫了一辆车拖回来,再一个人按照说明书组装。结果在床铺组装到一半时,她发现床板竟然拿错了。她心疼打车的钱,于是把床板捆起来背着,一个人坐地铁去宜家换货。

地铁上有个白人老爷爷问她:"小姑娘,你是要回家给小狗搭房子吗?"她回答:"不,这是我的床板。"

到了新的学校,天性开朗的她终于交到了许多朋友,但她发现自己已经喜欢上一个人的感觉。一个人的生活,让她尝到寂寞的滋味,也让她意识到自己的坚强。

她说,离了任何人也能活下去的感觉挺好的。

过去,我有过许多次旅行,都是一个人出发,一个人回来,但中途总能遇到许多和我一样在路上的同伴,彼此萍水相逢,结伴走一段路,然后分别。

旅途如此，人生也是这样。

我们都是孤零零地来到这个世界，孤零零地离开，中间也有大段大段的时间需要一个人度过，但在这个辽阔的世界上，同伴无处不在，我们不可能永远是一个人。

当然，也不可能永远有人相伴。

一个人也好，两个人也好，一群人也罢，都是生活的状态。

所有的状态，都不妨安然领受。

一个人时，就享受一个人的自由时光，也享受一个人的寂寞和坚强；有人相伴时，就享受陪伴的温暖和互动的快乐。

至少，不要在一个人的时候羡慕两个人的温暖，然后又在两个人的世界里怀念一个人的轻松自在。

不要因为暂时是一个人，就放弃自己想做的事，放弃过更好的生活——

哪怕只是看一部电影，开始一段旅行。

在叛逆的路上一路狂奔

不如就在叛逆和疯狂的道路上一路狂奔。狠狠摔倒,狠狠哭泣,狠狠后悔,然后找到该走的路。

工作中认识一个女孩,大学还没毕业,来公司做实习生。人乖巧又勤快,交代她做的事都做得很好,和同事也相处融洽。连平时十足挑剔的经理都夸她好,说她不像之前的实习生,事做不好,还总闹小孩脾气。

一次聚餐,路上和她聊天,聊到"五月天"近期来北京巡演的事,她立刻眼睛放光,说她是"五月天"的超级粉丝,演唱会开到哪儿追到哪儿,一场不落。接着开始历数"五月天"的出道史,掰着指头告诉我哪些歌堪称经典,又说主唱阿信身上的哪些优点影响了她,他写的哪些歌词给了她正能量,说得手舞足蹈,停不下来。

看着她快要冒出"星星眼"的兴奋表情,我忍不住微笑,这孩子,是真心喜欢"五月天"啊。我自己不追星,却理解这种谈论喜欢的人时血流加速、内心激荡、不吐不快的感觉。

到了演唱会那天,她却早早订好了晚饭便当,坐在办公桌前,干劲满满准备加班。

我感到很奇怪,问她怎么不去看演唱会。她一笑,早就不追啦。

我更觉得奇怪了,她明明那么喜欢他们!

她说,喜欢也有很多种方式。

后来我才知道,原来她追星最疯狂的时候是中学时期。加入粉丝俱乐部,追"五月天"出场的所有电视节目,买登载他们访谈和照片的所有杂志、报纸、海报,翘课去他们所有大大小小的巡演。她家境尚可,有时撒娇,有时撒泼,父母总能满足她的要求。学业当然一塌糊涂,加上经常缺课,出勤率都不够。好不容易混到高中,终于落到要留级的地步。

父母不准她再追星,她当然不听。不给她钱,她就偷家里的钱,或者四处向朋友借;不让她出门,她也总有办法偷溜出去;打她骂她,她索性离家出走,折腾得天翻地覆。

老师、亲戚、朋友轮番规劝,她谁的话也不听,叛逆得不得了。

后来,她爸爸气得心脏病发作,进了医院,差点救不回来。她跪在病床前痛哭,从此把对"五月天"的喜欢收进心底。

没错,喜欢也有很多种方式。疯狂地追逐,一场不落地听演唱会是一种方式,让自己活成喜欢的偶像的样子,是另一种方式，而且是更好的方式。

如今，她考上了不错的大学，成为一个人见人夸的实习生，以后她当然也会成为一个努力工作的社会新人，努力寻找自己该走的路，就像"五月天"说的那样：不放弃梦想，好好期待一趟精彩的人生旅程。

青春期的叛逆和疯狂早已不见痕迹。

但她说，"五月天"有一首歌叫《疯狂世界》，她很喜欢。阿信在歌中唱："青春是挽不回的水转眼消失在指间，用力地浪费再用力地后悔。"

虚掷青春，然后狠狠后悔。

谁说这不是对待青春最好的方式？

正因为有过那些叛逆和疯狂，她才知道未来该走什么样的路；正因为狠狠后悔过，所以她再也不会做出让自己后悔的事。

后悔，终究好过遗憾。

曾经的室友是个能力不错也很勤奋努力的妹子，大学年年拿奖学金，还是学生会干部，毕业之前去了一家大公司实习，当时的实习生都没有薪水，只有她因为表现优秀，每个月都拿奖金。临近毕业，眼看就要被内定为正式员工，她却选择辞职回家。

我们都感到不解。她说，爸妈担心她一个女孩子独自在陌生城市闯荡不安全，也心疼她吃苦，在老家靠关系为她在事业单位找了个职位，工作清闲，待遇也不错，她自己也觉得陪在爸妈身边，做一份稳定的工作，以后顺顺利利结婚生子，这样比较好，人生也比较有安全感。

对于她的选择，我们都不好说什么，只是隐隐觉得可惜，以她的能力，明明更适合做有挑战性的工作。

三年不到，她辞掉工作，退掉亲事，和父母大吵一架，回到我们身边。

怎么了？你要的安全感呢？我们都问她。

她叹一口气，那样的生活不适合我。

事业单位的工作清闲是清闲，却清闲到无趣的地步，每天按时上班下班，做相同的事，完全没有新鲜感。人际关系更是如蛛网般复杂，人情世故要洞察，溜须拍马要内敛含蓄、不着痕迹，她一个年轻女孩，哪里应付得来？

再说相亲，家世、样貌、性格、职业、收入，一样样地比照、计算，爱情变得微不足道，对方是谁，是否独一无二，更是微不足道，简直不知道为了什么要结婚。

再说生活，三线城市，日子过得悠闲，和几个闺密去寻觅美食、喝下午茶、逛街、美容，这些都还好，唯独不能聊天，一聊就是恋爱、结婚、家庭、孩子，要不就是首饰、衣服、男人、家长里短，她连话都插不上。

父母都劝她，何必出去折腾一趟？你是女孩子，再过三年五年，不还是照样得结婚，得过安稳日子？到时你年纪大了，选择少了，肯定后悔白白浪费青春。

她说，后悔也认了。

她没有过梦想，没有为梦想哭过笑过跌倒过，没有为完成一个方案熬过夜，没有和知己好友彻夜长谈过，没有谈过一场轰轰烈烈的恋爱……她一细数，发现遗憾居然这么多，根本来不及去想会不会后悔。

人生，若不曾冲破条条框框，若不曾闭上双眼去闯一回，终究会有遗憾吧。

她说，她想当父母的叛逆小孩，想叛逆过去的自己。她不想日后回想起自己的人生，什么拿得出手的回忆也没有。

如今，她找到一份工作，从头做起，常常加班，很辛苦，每天却是神采飞扬，只因为可以凭借自己的能力升职加薪。周末的时候，她和我们这些朋友去看话剧看展览，去南锣鼓巷、三里屯泡吧，谈理想谈未来，聊感情聊人生，说起话来妙语连珠，大笑起来没心没肺。她还参加义工组织，跟着一群年轻人到处跑。上个月，在东南亚某个海岛居然遇到心仪的男孩，正打算开始一段跨国恋。

我亲爱的朋友，全新的生活在你面前展开，像一个精彩的万花筒。但生活并非童话，明天也不总是美好。未来有一天，拥有的一切也可能会尽数失去，生活可能重新陷入低谷，你可能会回到起点，怀疑当初走一条更艰难的路是否有意义，懊恼这些日子的努力完全白费，而你白白浪费了青春最好的时光。

假如真有那一天，请记得要尽情地后悔，最好痛彻心扉大哭一场。然后你会发现，你已不是当初那个畏畏缩缩患得患失的自己。你闯过、勇敢过、叛逆过，生活的起伏和折磨逼你付出代价，却也给你收获，它早早催你蜕变、强大，所以你会重新勇敢起来，继续走你想走的路。

纵使你一败涂地，至少不留遗憾。

昆德拉说得好："没有一点儿疯狂，生活就不值得过。听凭内心的呼声的引导吧，为什么要把我们的每一个行动像一块饼似的在理智的煎锅上翻来覆去地煎呢？"

不如就在叛逆和疯狂的道路上一路狂奔。

狠狠摔倒，狠狠哭泣，狠狠后悔，然后找到该走的路。

总好过什么都不失去，也什么都得不到。

强迫症女孩

何必强迫自己和别人一样活得整齐划一？若是鱼儿，就游在水中；若是马儿，就奔跑在草原。

上大学时，睡我下铺的女孩是闻名全系的"强迫症女孩"，热衷于为自己制订各种计划：作息计划、学习计划、读书计划、运动计划……她的床头，永远贴着写得密密麻麻的计划表。

早上起床的时间必须精确到秒，洗漱的时间严格控制，要掐着表完成，吃早餐、喝咖啡的时间不能多一分，也不能少一分，说好学习一个钟头，就绝对是一个钟头，哪怕捧着书什么也没看进去，也绝不做其他事，计划好要去操场跑步，哪怕下雨，也绝对不去室内网球场打球。

在她的计划表里，没有娱乐，不允许任何享受。

你若问她的目标是什么。她会很明确地告诉你，成为更优秀的人。

若你继续追问，怎样才算是更优秀的人？她会回你一个白眼，一副"这还用说"的表情。

如此严苛的计划，如此不明确的目标，当然很难实现，所以每天我们都能看到她计划落空之后沮丧焦虑的样子。

冬天的早上会赖床，偶尔会失眠，导致白天上课的时候打瞌睡；有些事情超出预计的时间，导致没空运动——对我们来说这些都是正常的，对她而言却是天大的失败。她总是骂自己，怎么可以连这点意志力都没有？怎么可以浪费时间，浪费生命？骂完之后，又将下一次的计划制订得更严格，然后陷入新一轮沮丧焦虑的循环。

大学四年，她几乎就在这样的恶性循环中度过，直到大四，终于精神崩溃。

我一直记得那一幕。

那天早上,她照常起床,洗漱,吃早餐,喝咖啡。那段时间,她正在做毕业论文,却被导师批评观点太老旧,于是她打算去资料室找一些资料,补一补知识。就在她掐着表准备出门时,另一位室友开玩笑地帮她倒计时:五、四、三、二、一,好啦,时间到,该出门啦。

她却站在那里,半天不动。室友觉得奇怪,忙过去看她。忽然,她毫无预兆地大叫一声,瘫坐在地上,开始是喃喃自语,然后手舞足蹈,放声大笑,眼泪却哗啦啦流了满脸。我们被吓得手足无措,只好叫来辅导员,把她送到校医院。

在医院,她的情绪慢慢稳定下来,我们都以为这件事已经结束了,以为她只是因为毕业论文没做好,压力过大,才突然情绪爆发。

谁知这只是开始。

回到宿舍,她不知用了什么方法,居然从宿管处那里申请到一间空置的寝室,独自搬了进去,从此把自己关在屋里,足不出户。去敲门,她也会应答,却不肯开门,总是说自己忙着做论文,没时间。

我们担心她这样下去会很危险,和老师商量后,决定通知她的父母。最后,她被父母接回了家。

父母帮她收拾行李时,瘦了一圈的她站在一旁,双眼无神。

她离开了,没有看我们一眼,也没有告别。

那段时间，寝室的几个人都很难过。

这四年来，我们眼见着她对自己强加逼迫，眼见她沮丧焦虑，却从不曾放在心上，只当笑话看，满不在乎地调侃她。

谁也没有料到事情会变成这样。

那时我们还太年轻，不知道人真的会被自己逼迫到崩溃的地步。

再次见到她，是在两年后。

她在医院和家里休养了很久，才终于恢复正常，开始出来工作。

工作虽然是父亲为她安排的，但总算做得顺利，而她也终于可以平静地回忆起过去的时光。

只可惜回忆里，是漫无边际的灰暗。

电影《致青春》上映时，她曾和我一起去看，缩在电影院的座位上哭成了泪人。散场后，她抱着我说："你说，我的青春去哪儿了？"

她说，大学四年，她最好的青春，全都白过了，既不快乐，也不精彩，没有志同道合的伙伴，没有一起疯闹的死党，连一场恋爱都没有过，只是一直重复着那样严苛的自我要求，直到她以"优秀"为名，差点毁了自己。

想要变成更优秀的人，并没有错。谁都想变成更优秀的人,所以我们才在人生这条河里逆流而上。

但当你问自己什么样的人才更优秀时,千万不要像我下铺的女孩那样,翻个白眼,不做深究,也千万不要活成他人眼中的"优秀"模样。

要去寻找自己的答案。

不是这个世界、父母、他人、习俗灌输给你的答案,而是独属于你自己的答案。

这个世界有它自成一套的话语和规则。它告诉你,从小就不能输在起跑线上,一定要好好读书,考上好大学,大学四年该如何度过,30岁之前一定要完成几件事,一生必读哪些书,必去哪些地方旅行,多少岁结婚最好,成功的标准是什么……

于是,我们将人生活成了一堆数字和标准。

30岁还不能出人头地,30岁还不能嫁出去,完了,人生无望。

有个女孩子甚至算过一笔账,如果想要生两个小孩,30岁前生完,小孩相差3岁,那27岁就得生第一个,26岁就得怀孕,想怀孕之前二人世界两年,那24岁就得结婚。订婚后,见家长,旅行,准备婚礼要一年,那23岁就得订婚,订婚前要拍拖两年,那21岁就要遇到合适的另一半。

这么算下来,顿时觉得人生好紧迫,也好无趣。

无趣到有一天你回想你的21岁,只记得自己像个嫁不出去的哀怨剩女，强迫自己到处找男朋友的样子，却不记得那一年你的青春是否有过自由的奔跑，是否绽放过美丽硕大的烟花，让你可以在未来的人生里止不住地怀念。

讨厌过去的自己，抹杀过去的时光，我总觉得这是一件格外悲哀的事。

仿佛那亲历的青春，所有历历在目的岁月，都如船过水无痕，连回响都没有，就虚度过去了。

生命只有一次，若不能尽情尽兴地活过每一寸光阴，岂不是辜负人生？

约瑟夫是个高大英俊的德国人，曾经的职业是法律顾问，负责给各种企业准备相关的法律文件。这是一份收入不菲的工作，但他在30多岁的时候辞掉了工作，来到中国，成为某公益组织的义工。

不少人对他这种天差地别的人生境遇很感兴趣，也对他的选择感到困惑和不解。有人说，外国人嘛，随性潇洒得很，肯定是心血来潮就做了决定。反正人家不愁吃穿，不像我们，生存压力这么大。

他却说，辞掉工作并非心血来潮，因为他想了很久很久。

当然，契机也只是一个忽然而至的念头。

有一次，他为一家公司拟订购买卡车的合约，在完成所有法律条款之后的某个时刻，约瑟夫想到，那家公司想必已经买到了他们想要的卡车。在那一刻,他忽然很想知道那辆卡车是什么颜色。是红色的吗?还是其他颜色?是崭新的吧?漂亮吗?可是他的职业并不需要他知道这些。

就这样他辞了职。听起来相当任性,却无端让人觉得浪漫。

对他而言,他只是不希望自己的一生仅仅作为旁观者存在罢了。

他说自己快40岁了,人生很快就到头了。

将从前制订好的人生计划推翻重来,开始任性地做最想做的事,或许是唯一不会让未来的自己后悔的选择。

于是,当大家都在谈论婚姻、家庭、孩子、房子、车子的时候,约瑟夫却一心念着他心中的那辆红色卡车。

那辆红色卡车,在他的脑海里,一定是最美丽鲜活的风景。

我时常想起下铺的女孩,那个时候的她,心底大概没有任何美好风景,只有一圈圈锁链,把自己的身体和心都圈得严严实实。

不柔软,不强大,不温暖,不快乐,那是一个连她自己都不喜欢的自己。

以为不越雷池半步就足够安全,怎知错过的却是最美好的自己。

我们或许不是她那样的"强迫症女孩",但也会在意明年的薪水比今年的薪水涨几个百分点,会细数30岁之前要完成几个人生目标,会掐算着在哪一年必须遇到命中注定的那个他,晚了就来不及了,还会谋划着找一个有几套房子几辆车的土豪……

这也并没有错。

但倘若有一天,当你发现实现这些世人公认的人生目标并不让你感到快乐,意识到你想走的路和别人不同,你想看的风景在另一片天地时,记得要有勇气承认,然后掉转方向,拍马而去,决不回头。

何必强迫自己和别人一样活得整齐划一?若是鱼儿,就游在水中;若是马儿,就奔跑在草原。

许诺一个自由的灵魂给自己,许诺沿途最好的风景给自己。

问自己:

亲爱的,你有没有很努力地变成自己喜欢的样子?

从来没有糟糕的生活，
只有不用心的人

现在过得如何，取决于你过去做了什么；而现在所做的一切，会一点一滴堆砌出未来的模样。一切都是自己的选择。

我的一位女友，是那种长得漂亮，为人又谦和的女孩，很讨人喜欢，从大学到职场，向来追求者众多。其中两位追求者最长情：A君家境好，事业有成，待人温柔，成熟稳重；B君英俊潇洒，才华横溢，性格有些孩子气，却最懂浪漫。

女友最终选择了A君。

周围的朋友都喜欢B君，不免为他抱不平，背着她议论纷纷：还以为她和那些拜金女不一样，看吧，果然还是金钱力量最大，高富帅高富帅，重点是富，帅不帅有什么关系。

女友偶尔听到了这些议论，也只是笑笑，并不生气。

一次去星巴克闲坐，终于忍不住问她，真的是因为A君更有钱，才选了他？

女友慢条斯理抿了口杯中的卡布奇诺，答非所问地说了一句："前阵子，他们俩工作上都有些不顺。"

A君是自己开的公司现金流出了点问题，B君则是与顶头上司不和，工作上诸多摩擦。"工作不顺是常有的事，谁都会遇到，但两个人面对问题的态度，还有对待我的态度，简直有天壤之别。"女友说。

那段时间，A君忙得脚不沾地，焦头烂额，与她的联系也变得少了，但他仍然不忘隔天在微信上问候一句，并很坦然地告诉她，公司出了点状况，最近太忙，没有时间见面。女友安慰他几句，他就笑说："嗯，别担心，我肯定能渡过难关。"

B君因为工作不顺心，找她的次数反而变多了。有时在微信里向她抱怨顶头上司性格恶劣，不懂用人，偶尔见面也总哀叹自己怀才不遇。女友劝说几句，他就耍脾气："你说得轻巧，我有什么办法，这个社会太不公平了啊，机遇全都给了那些会钻营的人……"

听到这里，真相大白。大家都以为她拜金，其实她拜的是生活。

"你知道吗？那天他和我见面的时候，不仅头发没有打理，衬衣里面的T恤也穿反了。"女人真是心细如发。但这些细节已足够说明问题。

人生还长，谁能料到前路上风雨几番？她不愿和一个遇到风雨就满腹牢骚，遇到挫败就把生活过得一团糟的人携手走过一生，也是理所当然。

从前总以为，我们需要满身金银，才可以把生活打理得美好有趣；以为需要流浪到世界的尽头，才能证明自己活得自由。

后来才知道，真正的美好和自由是什么呢？应该是哪怕在人生的最低谷，脸上仍有笑容，心底仍有希望；哪怕活在尘埃里，也可以坚韧地开出花来。

活得美好和自由的前提是，自己决定自己的生活和心情。

网上有一组很火的照片，博主贴出了一墙之隔下她的两位女同学的不同生活：

"墙左边的姑娘每天的生活是看泡沫剧，看累了就叫外卖，手头上偶尔有点闲钱就去逛街买衣服，她抱怨考试很难过，身材不好没人追，去社交场合没话说。她苦笑指着对面，不像她，那么好命。可她不知道，墙右边的那个'好命'姑娘，已经在她看泡沫剧的时候自学了法语、英语、西班牙语三门外语，'好命'姑娘在社交场合能侃侃而谈，是因为看过的书比她吃的快餐盒摞起来都要高，还攒钱每隔一段时间就去旅行。左边的姑娘跟我抱怨，生活无聊又无趣，'好命'姑娘却告诉我，夏天的时候托斯卡纳的大波斯菊很美。"

很简单，现在过得如何，取决于你过去做了什么；而现在所做的一切，会一点一滴堆砌出未来的模样。

一切都是自己的选择，自由的选择。

常去的咖啡馆藏在鼓楼附近一条外国人扎堆的胡同里。待的时间长了，和在那里兼职的女孩成了朋友，人不多的时候我们就一起喝杯咖啡，聊些闲话。

她告诉我，她是大学生，家境不好，不想增加父母的负担，所以自己出来打工挣学费和生活费。又告诉我咖啡馆的老板夫妇很好，准许她按照自己的时间自由排班，给的薪水也比别家高。晚上她还会去附近的餐吧兼职，外国客人多，可以顺便练一练英语口语，她最近在考托福，打算出国留学。

我知道和她同龄的人都在无忧无虑地逛街、看电影，和男朋友约会，可是这个开朗的女孩，说起自己的事时总是一脸甜甜的笑容，让人不自觉地就忘了她的辛苦，只想开开心心为她说声加油。

有一次去，她不在，我点了店主推荐的手工甜点和滴漏咖啡，坐在那里和老板娘闲聊。聊到兼职的女孩，老板娘笑说："是个相当不错的孩子呢。她刚来那会儿，咖啡馆生意不好，她那时兼职费也不高，却很费心思地帮我们想了不少增加人气的办法。你看，现在店里的推荐菜单，还有每周的小众电影放映会，都很受欢迎吧，其实这都是她出的主意。"

老板娘笑得温柔，我想起女孩说起老板夫妇待她好时感激幸福的表情，觉得自己都变得温暖幸福起来。

她拿到美国名校全额奖学金的那个周末，我照例去咖啡馆。她请我喝我最喜欢的冰激凌拿铁,又送给我一包她亲手烤的巧克力曲奇。

"谢谢你。"她说。

我惊讶道:"我什么也没做啊,全靠你自己努力。"

她却笑着摇头:"其实不仅要谢谢你,对这几年间遇到的所有人,我都心怀感激。"

如今,咖啡馆的墙上贴着她从美国寄回来的照片和信。

照片里的她清瘦了不少,也变得更漂亮了,站在加州明媚的阳光下笑得满脸灿烂。

信上,一字一句,全是感谢:感谢老板和老板娘,感谢这家咖啡馆,感谢她结交的朋友,感谢四年间咖啡馆里所有的客人。

这真是一个很棒的姑娘。

糟糕吗?辛苦吗?卑微吗?艰难吗?从她身上,我一点儿也没有看到。我只看到一个坚韧努力的姑娘改变命运的过程,就像在创造一个奇迹。

其实,又怎么会是奇迹呢,一点一滴的改变,都是她应得的回报。

从来没有糟糕的生活,只有不用心的人。

我们都可以做出选择:选择在拥有健康、美貌、才华、能力时,仍然把生活过得乱七八糟,然后抱怨命运没有给出更好的选择，也可以选择在人生一无所有的时刻，打理好自己，过得像一个真正的心灵贵族。

出身、家境不可选择，的确如此，但生活真的是一件可以选择的事。

你永远可以选择努力、乐观、快乐、温暖，或者相反。

你要相信黎明终会抵达

无论际遇如何，我们总得抬头前行。高楼再灰暗，总会有阳光照进来。那些光，就是把失意的生活变得诗意的希望。

三年前，我在咖啡馆里遇见一个头发银白的外国老太太。她叫翠丝，来自新奥尔良。翠丝说自己退休以后就在外面旅行，我想她的旅行一定是去欧洲小镇度假或在海边悠闲地晒晒太阳。

老了，退休了，不是正需要这样的日子吗？安逸而清闲，在阴凉的庭院里侍弄花草，喝喝下午茶，听听音乐，看看年轻时没有时间看的书。即便去旅行，也不至于太折腾自己才对。可是，看到她的旅行照片后，我大吃一惊。

她去的地方大多是沙漠、高原、原始森林，照片里尽是黄沙、悬崖。她站在撒哈拉沙漠里，身后是一轮通红的落日，她的银发在照片里闪着光。在亚马孙雨林，她手里提着半人高的不知名的鱼笑得非常开心。

哪里有什么海岛、沙滩、小镇、别墅。

我一时惊叹，脱口说："您这么大年纪还能去这样的地方呢？"

她笑了笑，认真地对我说："年纪和生活的状态没有必然的关系。"

的确，没有人逼她走向荒漠，是她自己寻着去的，不是为了证明什么，只是她觉得自己还可以走，还可以到处看一看，于是就背起包走了。

翠丝说，她一直就想当个旅行家，年轻的时候因为工作的关系没有机会，现在不用工作了，就开始实现一直以来的梦想。

她说："不管从何时开始，只要迈出了脚步就为时不晚。"

连一位满头银发的老太太都在为梦想上路，我们又有什么资格不努力？努力其实并不那么难，只需要闭上找借口的嘴，从外界的诱惑中收回目光，从浮躁和五分钟热度中沉淀下来，然后给自己一个信念，相信总有一天会成为自己想要成为的那个人。心中有信念的人，即便走得慢一些，即便最后走不到终点，也不会迷茫。

你要相信，自己的肩膀总有一天可以承担未来，这样在幸福降临时，你才有能量来迎接它。

你要相信，那些爱过的人、受过的伤、错过的桥都是必要的，它们把你变成这个世界上最独特的人。

你要相信，那些最难到达的地方，那些需要一直奋斗才可获得的事物，才最值得花时间努力争取。

你要相信，最难办到的事有时候是最有价值的事。

你要相信，对自己坚持的事情报以热忱，美好的事情就会慢慢降临。

你要相信，生命最精彩的部分永远是靠自己成就的，而不是靠别人取得。

邻居是一个相貌并不出众的姑娘。她家境并不富裕，一件褪色的粉色棉衣穿了整整一个冬季，却一直干净整洁。19岁那年，她和我一起考上大学，她的父亲给了她一万元钱，说这是家里全部的积蓄，今后的一切需要她自己来扛。以我那时的眼界来看，这真是人生最痛苦的事，那些钱连四年的学费都不够，更别说生活费了。

在我的印象里，她一直是一副怯怯的表情，见到陌生人总是不知所措的样子。可就是这样一位姑娘，到学校报到的第二天就开始物色兼职工作，第三天也不知从哪里找到了一个发传单的活，向表情木然的行人一次次伸出热切的手，又一次次被拒绝。我不知道当时她是用什么说服自己克服了自卑与恐惧，才能把这件事情一直坚持到第一个学年结束的。

这一个学年她打了三份工以贴补每月的生活费，没有落下一门功课，学期末拿到了校级奖学金，第二学年的学费有了着落。

第二学年，学校的功课重了起来，英语四、六级考试，各种证书，但最后学年的奖学金依然属于她，兼职打工她也一刻没有停下。偶然在校园里遇见她，只觉得她似乎每一分钟都在计算着下一分钟要做些什么，仿佛一停下她的生活就会崩溃。

她曾经话很少，但渐渐地变得开朗起来，谈吐也落落大方，她还参加了学校里最大的实践社团，比谁都热衷于参加社会活动。大三那年她会画一点淡淡的妆，成了班级里最早找到实习工作的人。大四那年大家都在为工作焦头烂额的时候，她从容地进了一家广告公司做策划。

毕业典礼那天，她作为优秀毕业生代表发言。她说，当初父亲拿出一万元钱说这是她四年全部的学费和生活费时，她就告诉自己，绝不能在困难面前止步。因此，这四年她规定自己每一天都要有成长，每一天都要有收获。因为她不想以后成为为钱发愁的人，不想一辈子辛苦，她想出类拔萃，想优秀到可以做自己想做的事。她有梦想，所以一直努力，一直坚持。

有些人就像江河里的泥沙，随水流不断向前奔，遇到转弯的地方就沉淀下来，永远无法到达海洋。其实，遇到转弯，我们需要的不过是一点儿坚持，一点儿希望。

电影《肖申克的救赎》里被判无期徒刑的瑞德说："希望是世界上最美好的东西，是人间至善所在。在那所高墙里，所有的异动都无法存在，只有希望不灭。"

其实，希望一直在我们心里。当我们遇到生活的不公时，也许一颗怀抱希望的平常心能让我们在黑暗中从容地找到通往光明的大路。

表舅家的小姑娘，34岁，在一家外资公司任职。表舅家世代都是农民，表舅妈在小姑娘3岁的时候摔伤了脊柱，再也没能下床。小姑娘为早点给家里一些支持，毕业时推掉了导师推荐保研的机会，进了现在的公司。这个没有任何销售经验、性格内向的农村姑娘硬是在公司里上演了一出现实版的"杜拉拉升职记"。

她并不是没有绝望过，放弃保研机会的时候，来到人生地不熟的大城市的时候，销售方案被否定的时候，和公司同事的偏见对抗的时候，被人际间的钩心斗角伤害的时候，一个月没有一笔订单的时候，每次想到家里、想到父母的时候，她都觉得生命艰难而孤独。可她最终还是撑了下来，笑脸迎人，同事下班了，她还在给客户打电话。为做一个出色的营销策划案，她加班到深夜，直到保安拉了整层楼的电闸赶她走。她说自己一定能成为一个出色的销售，一定可以做出最好的营销策划案。

小姑娘独自在外，没有人帮，但每一个真正扛得起生活重担的人都是自己一个人咬牙挺过来的。挺过来了就一切都不一样。无论际遇如何，我们总得抬头前行。高楼再灰暗，总会有阳光照进来。那些光，就是把失意的生活变得诗意的希望。

　　有了希望，有了信念，我们就有勇气咬牙蜕变，所有的不安也将在这样的信念里落地。就像《永不妥协》里的单身母亲一样，没有工作，没有存款，在最倒霉的时候只有更倒霉的事情找上门，但生活只要有一线希望她就不会妥协。所以，哪怕在最困难的时候，我们也要坚强地面对生活的苦难，认真地对待身边的人和事，不怨天尤人，不歇斯底里。告诉自己，可以哭，可以弯下腰去把尊严放下，但即使自尊被践踏，也要重新站起来继续出发，永不妥协。

　　要相信努力的意义，相信无论生活多么艰难，美好的东西都不会消失，太阳会照常升起，无论过去还是将来，一切痛苦都会过去。

第二章　此生有梦可依，免我颠沛流离

不许停，不许回头，
要一直走下去。
若你还有梦，此生就已值得庆幸。

你的归宿是自己

人这一辈子,山迢水远走到最后,都只是"自己"两个字,能对你的幸福负责的,也只有你自己。

艾丽从香港回来,第一件事就是约闺密去后海酒吧。

酒吧里有一男一女驻唱,唱的都是悲伤的情歌。艾丽点了一杯人称"少女杀手"的螺丝起子,光看着不喝,满脸忧愁。

她的男友毕业后去香港读研,她不找工作,不挣钱,却花爸妈的钱买机票订酒店,直奔香港,只为了向甩了她的男友要一个解释。

她是个漂亮女孩,男友也是个帅哥,两人手牵手走在大学校园里时,极其养眼。周围的朋友都说他们十分登对,可惜登对永远是别人眼里的风景。

艾丽只是漂亮,学业不行,男友却是个胸怀大志的"学霸"。热恋期过去后,学霸男友对她的不满越来越多。他嫌艾丽不够聪明,不够独立,不上进,说她是没有理想、没有自我的女人……

大三那年，男友争取到了去台湾当交换生的机会。因为要分开一年，艾丽很不高兴。男友一心忙着准备，一句安慰的话也不说，只问她毕业后有什么打算。

艾丽撒娇："我跟着你，你去哪里我就去哪里。"

男友报之以冷笑："那也要你有本事跟过去。"

艾丽不明白，她的确不够聪明，没什么爱好，也没有什么非要实现的梦想，可是，这些都是不能被原谅的吗？她是个女孩子，难道不是天生就该被宠爱、被呵护吗？

"我不想跟一个和我没有共同语言的女人共度一生。"这是男友和艾丽分手时给出的理由。

这理由足够斩钉截铁了，而追到香港想要一个解释的艾丽，或许真的是不够聪明。

闺密劝她好好找份工作，努力生活，没有爱情也可以活得足够美丽。

艾丽听不进去，说以后一定要嫁一个喜欢漂亮女人的老公。

像藤蔓一样依附爱情而活的"艾丽"，你我身边皆有。

也常常听到这样的论调：女人是为爱情而生的，女人是感情的动物，女人一定要嫁得好……甚至曾看到有人撰文，探讨文艺女青年的归宿是什么，洋洋洒洒一大篇，结论只有两个字：男人。言下之意，嫁不了一个有钱有貌有才有地位的男人，女人就算再美，再有钱，读再多书，有再大成就，也得不到幸福。

仿佛女人拼命努力让自己独当一面，拼命修炼成为更好的自己，仅仅是为了在爱情里如意，在一个比她更优秀的男人那里得到回报。

海米是我们这一众闺密当中年纪最小的一个，也是最"恨嫁"的一个。

她长相不错，性格好，料理、家务、插花、茶艺，无一不通，学烘焙，天分奇高，不出一年已是可以拍教学视频的水平。总之，她在工作之余，时刻都在为成为一个"好妻子"而努力，仿佛人生的全部价值就在于此。

偏偏越恨嫁，越嫁不出去。

"这是为什么呀？"她问我们。

我们只好反问她："为什么这么着急把自己嫁出去？"

海米的第一任男友是大学时期交的，那时她和他如胶似漆，做什么都一起，天天在我们面前唠叨她一毕业就打算结婚。结果，毕业了，婚没结成：男友为了工作去了另一座城市，提出分手。她为了追随他，不得已放弃已经签好的工作。但是，不过半年，两人终究还是分了手。她只身离开那座城市，什么都没有带走。

她找了新的工作，开始了新的生活，又交了新的男友。如今，不到一年，她已经换了三个男友。自然，她并没有找到那个可以嫁的人。

自从我们几个认识她以来,就没见她单身过,永远在着急忙慌地恋爱,寻找哪个男人可以托付终身。在她眼里,嫁人就像一个终点,等到嫁了人,所有的漂泊都有了归宿,所有的努力都有了回报,所有的奔波也都可以结束,好比童话的结局,王子和公主从此幸福地生活在一起,不必再问后续。

若你问她有没有想过嫁人之后的生活,她会说,当然想过呀。

我们都知道她设想的生活:从此有了依靠,不必再独自一人苦苦支撑;工作遇到问题,不用再压力大到吃不下饭,睡不着觉,大不了不干了,再找其他工作,就算暂时不想工作了,也没关系,反正有老公呢。

为了这梦寐以求的安逸生活,她努力减肥,努力让自己变漂亮,努力让自己的"好妻子"技能多一些,再多一些。

我们几个闺密对她是恨铁不成钢。她明明是一个美丽优秀的女孩,有一份不错的工作,过着不错的生活,就算失业,当料理老师,做茶艺师,拍烘焙教学视频,都可以养活自己。就算不恋爱,她一个人也能过得足够丰富有趣,可她总在哀叹自己的人生好失败。

从什么时候开始,爱情婚姻上的缺失已经可以用来定义一个女人的失败?

大学一位学姐,读书极有天分,志在成为专业领域的研究型学者，读完研究生，打算继续读博深造，谁知这个决定换来母亲一通哭天抢地："你再读下去，哪个男人还敢娶你？"

学姐很难过，在微博上说，为什么嫁人比做自己想做的事更重要？为什么找对象比实现自我的价值和获得事业的成功更重要？

庆幸的是，她没有妥协，以一股发狠的劲头告诉母亲："哪怕一辈子不结婚，我也要做我想做的事！"

读博期间，她申请到国外一所名校的访问生名额。出国不久，她又在那边参与了一个研究项目，与担任助手的欧洲留学生相恋，事业爱情两不误。

女人的归宿是什么？不是男人、爱情、家庭。

女人的归宿，是她自己。

任何人的归宿都应该是自己。

人这一辈子，山迢水远走到最后，都只是"自己"两个字，能对你的幸福负责的，也只有你自己。

正如蒋方舟在《为什么要成为妖孽》里所说：女人修炼自己，不是为了在爱情里功成身退，安身立命，而是为了不需要爱情和男人也可以活得骄傲自由。

你当然可以追求爱情，但要在独立、自由、快乐、骄傲的前提下，找到一个和你并肩、与你对话的人。

否则的话，请你回过头来修炼自己——旅行，读书，处理工作及家事，追求梦想，实现价值，存足够的钱，为自己一掷千金，滋养自己的容貌、生活和心灵。

因为，这个世界给予女人的资源，对女人的要求，对女人价值的评判，并不公平。它要求女人像男人一样努力生存、竞争、奋斗，这样才能出人头地，同时又要求女人不必那么努力，要甘居于男人之下，这样才能受到青睐。

女人，拼命修炼自己吧——为了有朝一日你有更多的选择，有对人生一切不合心意的选择说"不"的权利。

要有多努力，才能看起来不费力

以最好最美的姿态站在所有人面前，云淡风轻，自信微笑，这是你我在暗夜里孤独前行，咬牙撑过所有痛苦的动力。

每次回家，都会跟发小见面。

她和我年纪相仿，早早结婚生子，如今她的儿子追着我叫阿姨，让我深刻感觉自己与她已身处两个完全不同的世界。

但两个人夜里挽着手去逛街，逛累了心有灵犀地进茶楼，贵宾茶座丝绒帘幕一拉，一杯香薰花草茶入口，百无禁忌地聊起来，便知道她仍是当年那个爱漂亮、善良温柔、心思单纯得教人心软的女孩。

她说:"我喜欢你的自由。"

我开玩笑:"自由也有代价,你看,我挣得比你多,花得也比你多,未成家未立业,人生仍是一盘散沙。"

她不同意:"可是你一个人生活,不受拘束,靠自己挣钱,做自己想做的事,爱自己想爱的人,这已是最大的幸福。"

年纪轻轻结婚生子,要处理复杂的人情,要忍受琐碎的家常,要面对漫长而茫然的未来,这些我都能想象。

她受了委屈,只能一个人哭,这我也知道。

有时,看到她发状态倾诉烦恼,除了安慰,我别无他法。

再好的朋友,也不能分担彼此的人生。

所以,她也并不知道我独自在外忍耐了什么,熬过了什么,才有今日这般看起来毫不费力、自在幸福的模样。

不知道我要有多努力,才能换来她一句发自内心的"喜欢""羡慕"。

人生大抵如此。

能放在台面上来说的,永远是外表的光鲜。

光鲜之下的辛苦努力,只能独自饮下,沉默品尝。

全球最著名的性感内衣品牌之一维多利亚的秘密刚刚在英国伦敦结束了它名扬世界的时尚内衣秀,数位被称为"维密天使"的超模,穿上为她们量身定做的华美内衣,在T型台的闪光灯下走秀,赚足了全球女人艳羡的目光。

完美的面庞和身材，舞台上无可企及的耀眼光彩，名利双收的职业，谁人不艳羡？

没有多少人会去细想，为了以无可挑剔的满分状态站上世界级的舞台，维密天使们付出了怎样的努力——

隔绝美食，严格控制卡路里摄入，按照规定好的食之无味的食谱进餐，每日必须完成庞大的运动量和训练量。每一分每一秒，都必须努力维持身材，保养容貌，她们过的是片刻都不能松懈的日常生活——离普通人的日常足够遥远，所以才能置身于普通人触之不及的耀眼光芒之下。

这个世界当然不公平，你我都平凡如斯，没有她们那样天生的身高和美貌。

但这个世界也足够公平，即使是天生的超模，也必须付出代价，经受魔鬼般的自律训练，从地狱般的残酷竞争中脱颖而出，才够资格站上华丽舞台。

依然记得2010年范冰冰穿一身明黄中国龙纹礼服走上戛纳红毯的样子，气场十足的东方美女，艳惊四座，令人惊叹当年《还珠格格》中不起眼的小丫鬟竟已蜕变如斯。

可是，这个美得人神共羡的女人，看似风光无限，实则流言和诋毁从未断绝：有人说她的美貌是整容所致，成功是依靠潜规则；有人说她烂片无数，演技差得看不下去；有人说她架子大，胆子肥，居然敢直接动手打娱记。在很多人眼里，她是个不折不扣的花瓶……

而她只是以"范爷"的姿态傲然抛出一句："我受得住多大的诋毁，就经得起多大的赞美。"

明明是明艳动人的美女，却帅气到无以复加。

想要在舞台上闪耀光彩，就得在背地里付出常人难以忍受的努力。

想要在聚光灯下万众瞩目，就得忍受众人对你同等的挑剔。

想要装酷耍帅，让人艳羡你自由自在的生活，就得对那自由背后的孤独和辛苦保持沉默。

这世上，从来没有"唾手可得"这回事。

在他人看来唾手可得、值得羡慕的一切，你不知为它熬过多少夜，流过多少泪。但我们一定都宁愿对那些暗夜里的孤独和眼泪里的苦涩绝口不提，宁愿只让世人看到我们的骄傲，用掌声和赞美来满足虚荣，而不必让任何人来同情我们经受的苦。

因为，以最好最美的姿态站在所有人面前，云淡风轻，自信微笑，这是你我在暗夜里孤独前行，咬牙撑过所有痛苦的动力。

邻居家的姑娘，比我年纪小，自高中毕业就离家在外闯荡，至今都没回过家。

我们在同一座城市工作生活，离得最近的时候，只有三站地的距离，却从未见过面，只偶尔在彼此的社交账号上点赞留言。

我也邀请过她，周末要不要一起喝个咖啡，吃个饭。

她总是干脆利落地拒绝，不给理由。

其实，我知道理由。

姑娘从小就想进演艺圈，长得却不算美，也没有过人的才能。父母苦口婆心地劝过，打过，骂过。她却倔得很，一毕业就出去闯荡，发誓不成名不回家。

她岂止是不回家，连我这个邻居家的姐姐都不肯见。

她大概是怕见到我会想起父母，动摇她坚定的决心。

一开始，她当然是四处打工，攒够了打工费，在表演班报了名，上课、打工之余，到处去参加试镜，也尽量争取演路人甲的机会。

一年过去了，两年过去了，她的日子依然过得紧巴巴，梦想也依然遥不可及。

第三年，她终于给我发了信息，问我方不方便见面。

我恰好在外面，便和她约在车站见面。她匆匆跑过来，整个人瘦了很多，留一头利落的短发，虽然仍然不够美，看起来却比以前有味道。她说最近开始在剧场里打工了，也许有机会能演个舞台剧的配角。

搓着手支支吾吾半天，她终于切入正题。原来是想借钱。数额并不大，看来真的是窘迫得很了。

我没有多说什么，如数借给她。她千恩万谢地收下了。

"真的打算不成名不回家吗？"我问她。

她立刻绷起脸，郑重地点头。

"不辛苦吗？"

辛苦。她满脸写着这两个字，但一开口，说的是倔强天真得令人心疼的话："不辛苦。总有一天我要让他们在电视上看到我，总有一天我要带着经纪人，穿最美的衣服，开最好的车回家，让所有人都看着我尖叫，求我签名合影。"

看着她那张多少还有些稚嫩的年轻脸庞，我想起张爱玲年轻时候说过的话："成名要趁早呀，来得太晚的话，快乐也不那么痛快。"

她们一样的肆意而率真。

为了成名，为了让人另眼相看，努力的动机或许不纯，却足够真实。

谁规定梦想一定要正气凛然、心怀天下？衣锦还乡的荣耀，万人敬仰的虚荣心，给你带来的动力或许更大。人后努力，就是为了有朝一日在人前扬眉吐气，这有什么不好？

我们很努力，是为了让自己看起来不费力。

这样就好。

将自己抵押给更美好的事物

何不倒掉温情脉脉的鸡汤,把人生形容成一场残酷的冒险?告诉自己,假如只是坐在那里,什么都不想失去,什么也不"抵押",就会止步不前,让所有的梦想胎死腹中。

那天,无意间翻到卡梅隆的人生履历。

此前,我对这位好莱坞大导演的印象仅仅停留于他拍出了当时世界票房最高的电影《泰坦尼克号》,后来又拍出《阿凡达》,刷新自己创下的票房纪录。总而言之,他是一位很成功的商业导演。

翻完他的履历才知道,原来他还是单人抵达深海极限(马里亚纳海沟水下近11000米)的第一人。

这位疯狂的探险爱好者,曾经花了二十年时间研究泰坦尼克号,是世界上首次使用机器人进入海底沉船遗骸内部进行拍摄的人。他拍摄的探险纪录片,都取材于自己的真实探险经历。

而作为电影人,他革新了水下特技,为3D技术带来历史性突破,数次打破世界电影成本纪录,又数次打破世界电影票房纪录。

这是一场时刻都在"折腾"的人生。

"如果你总是担心,而不迈出那一步,那么你什么都不会得到。"

从他嘴里说出来的这句话,完全是他人生的写照。他永远都在"迈出那一步",不仅是事业,感情和婚姻也是如此,他永远活得像一个孩子气的老顽童。

有人说,他的生命永远是抵押出去的,抵押给梦想,抵押给冒险,抵押给世界上最美好的事物,抵押给好奇心和对世界孜孜不倦的探索,最后,抵押给他所爱的妻子和儿女。

很喜欢"抵押"这个词。

热血动漫《海贼王》里的主角路飞出海冒险时,别人问他:"你不怕死吗?死了就什么都没了啊。"路飞说:"我有我的野心,有我想做的事,无论怎么样我都会去做,哪怕为此死去也不要紧。"

他说:"没有赌命的决心就无法开创未来。"

我们活在这世上,何尝不是一场冒险,何尝不是在赌命?把自己的性命"抵押"出去,才能换来上天许诺的点滴收获。

把生死抵押出去,才能换一场人生;

把时间和努力抵押出去,才可实现一个梦想;

把爱抵押出去,换来另一份爱;

把苦难抵押出去,换未来的美好;

把恐惧抵押出去,换来波澜壮阔的冒险;

…………

何不倒掉温情脉脉的鸡汤,把人生形容成一场残酷的冒险?告诉自己,假如只是坐在那里,什么都不想失去,什么也不"抵押",就会止步不前,让所有的梦想胎死腹中。

在咖啡馆闲坐时,隔壁桌一对情侣,互相拿着小叉子给对方喂提拉米苏,你一口我一口,甜甜蜜蜜。

女孩忽然问:"你的理想是什么呀?"

男孩答:"养你呀。"

听了这个不知从哪儿学来的标准答案,女孩假装生气:"我才不要你养。"

"可是我想养你。"

这当然只是情侣间的情话戏言,却让一旁的我想起在英国留学的堂姐。

在去英国之前,堂姐也有一个爱得如胶似漆的男友。

如今她一个人在英国,单身。每天上课,打工,和朋友一起泡吧,来年就要毕业,打算在那边找工作。

有时在线上聊天,她只谈课业、未来的计划、英国的天气,绝口不提爱情。

得知她决定去英国留学时,男友很崩溃,哭着求她不要离开。一开始,面对他的挽留,堂姐很感动,内心也很动摇,直到男友说出那句话:"你不用那么辛苦去国外念书,以后我养你就行了。"

男友家境相当好,说要养她,自然不是说说而已。

但堂姐愣了半响,才说:"你知道我的梦想是……"

男友打断她:"有我的爱还不够吗?我说了我养你。我一定会爱你一辈子的。"

堂姐沉默许久:"我曾经和你说过我的梦想,可是你不记得了,对吗?"

男友真的不记得了。或许在他眼里,女人的梦想并不重要。

堂姐的梦想是成为一名国际记者,为此才选择去传媒业发达的英国学习,男友却说他养她。他们的交谈根本就不在一个频道上。

原本火热的爱一下子冷却下来,她很干脆地和男友分了手。

或许再也不会遇到像他那样细心、温柔、痴情的男人,或许从此会变成只拼事业的"缺爱"女人,可是,她并不需要一个不懂她的人在身边嘘寒问暖,那样爱巢也会变成她人生的牢笼。

很多天后,我看到堂姐在她的推特上写下这样一句话:

"或许别人觉得爱情美好,但我觉得梦想更美好;或许别人需要房子,需要婚姻、金钱、稳定的生活带给她安全感,但我觉得梦想给予的安全感更大。"

所以,她的选择是:放弃自以为美好的爱情,和真实的梦想在一起。

前两天,我参加了一个聚餐。席间有人感叹"北漂"之苦,为了梦想来到这座城市,远离家人,忍耐寂寞,辛苦拼搏,如今梦想成了碎梦,不知何时才能成真,而家乡的他早已结婚生子,幸福生活……

此言一出,附和者众多。在座数人,除了一两个北京"土著",其余皆是"北漂",尽管多数是事业小成的"北漂",但说起漂泊之苦,都是各有各的心酸,一时间唏嘘慨叹声此起彼伏。

这时,有人冷笑一声:"又想陪父母,又想好好结婚生子过安逸日子,又想实现梦想,事业名利双收,你们以为自己在演《哆啦A梦》剧场版吗?"

一句话,犀利得让所有人无言以对。

接下来的聚餐,再也无人提起这个话题。

后来,我和这位语出惊人的哥们儿有过一些工作上的来往。

一日,谈毕工作,聊起当日的事。

他不好意思地说:"当时我说话冲了点,但我的确不喜欢听人诉苦。人不可能什么都得到,这是一个很简单的道理。难道你不觉得,感叹漂泊很苦,这本身就透露出一种不自信吗？漂有什么不好？比如我，我的梦想是建立一家优秀的上市公司，那我就得把自己抛离安全的轨道，就得漂着，漂着我才能强大啊。你要真让我过舒适安稳的日子，我还担心我的拼劲会被消磨光呢。"

"选择了就要认，否则不要选。"最后，他总结道。

的确如此。

我们都不是大雄，都没有哆啦A梦，所以不能任性。把自己抵押给梦想和冒险，就不能再同时抵押给安逸现实。

但勇敢、自由、梦想、努力、志同道合的伙伴，难道不是人生最美好的事物？我们都是为了和这些更美好的事物在一起，才做出了最好的选择，像韩寒说的那样："和你喜欢的一切在一起。"

这是一个简单的道理：当你已经和人生里许多美好的事物在一起，那么对于已经押出去的筹码，就不必再扼腕叹息。

去做让你义无反顾的事

以梦为马，去做那些让你义无反顾的事，哪怕今日天涯，明日海角，也好过内心颠沛流离于尘世，无梦可依。

宇欣第一次去芬兰，是作为交换生去留学六个月。

19岁的女孩，在陌生的北欧国家里，看什么都新鲜，玩得很嗨。但是，最后两个月，她开始感到孤独。孤独到难以忍受，以至于交换期还没结束，她就买机票提前回国了。

大学毕业后，大多数同学都选择继续深造，宇欣却决定出国工作。不是为了弥补之前对孤独的逃避，她只是很想做一些不一样的事情。

很果决，却没有失去理智。她投了三百份海外简历，同时也投了二十份国内简历作为退路。

最终，一份来自芬兰的聘书将她再一次带到了那个并不热情的国家。白羊座的宇欣很自来熟，擅长迅速和陌生人打成一片。事实上，她在芬兰的前半年时间，的确过得很快乐。她和当地人一起喝酒、聊天、做饭，周末去邻国瑞典旅行。

但孤独感很快就卷土重来。

赫尔辛基逛遍了,北极圈也去过两回,在码头、广场喂过许多只鸽子,宇欣开始在每天下班后无所事事。她发现,在这个圣诞老人的国度里,人们活得一点也不狂欢,一点也不热情,除了谈论天气,她和他们的对话无法深入下去。宇欣有时坐在公交车里,看着车里的人隔着遥远的距离,彼此都不交谈,就感觉到难以言喻的寂寞。

冬天,极夜开始影响这个国度所有人的生物钟,有时候,宇欣刚起床吃过饭,天色就暗了下来。白昼的短暂,阳光的缺乏,令人郁郁寡欢。

十八个月后,宇欣终于选择离开芬兰。

朋友都说,你看,这果然是一次错误的选择。

父母更是对她一通数落:早就叫你不要去,现在好了吧,灰头土脸地回来了,工作又得重新找,一切都要重新开始……

宇欣没有时间消沉,也没有打算停下来,她申请到一家跨国公司的职位,同时计划着去中东和位于挪威边境的北极科考小站。

工作稳定,早日组建家庭,生儿育女,这是父母对宇欣的人生的期许。

而一场没有重复的人生,才是宇欣对自己人生的梦想和憧憬。

为什么一定要在年轻的时候就决定一生要走的路?我还

年轻，我想走遍这个世界，想每天早上起来都会对这一天充满期待。

这无关成败，也无关乎人生最终的结局。

以梦为马，去做那些让你义无反顾的事，哪怕今日天涯，明日海角，也好过内心颠沛流离于尘世，无梦可依。

"一个理想主义者，应该听从自己内心的安排。"丹尼尔去南美做义工时，给夏幸发邮件。

当时，夏幸正在开会。公司接了一个大单，要她负责创意方案设计，可是预算不够。夏幸在会议上唇枪舌剑地和老板谈判，要求增加预算。

夏幸没有告诉老板，她那段时间正好得到一个机会，可以跟随一个纪录片摄制组去非洲的塞伦盖蒂草原。

导演系毕业的夏幸，毕业后找不到电影相关的工作，只好靠叔叔的人脉进了这家著名的广告公司。工作中唯一和电影沾点边的就是拍摄商业广告和微电影，但她做的是策划工作，除了提供创意脚本外，根本轮不到她插手现场工作。

能够跟随摄制组行动，即使只是打杂，也是她一直以来梦寐以求的。但如果去非洲，就必须辞掉现在的工作。在上海这座大都市，谁都知道辞掉工作意味着什么。况且纪录片摄制组是几家全球性公益组织赞助的，能够提供的报酬相当微薄。

丹尼尔的邮件里说，他在布宜诺斯艾利斯的旅馆里做了个梦,梦见自己去了繁盛时期的楼兰。

夏幸遥遥遐想楼兰古城,一面看到老板已经给出预算上限,和自己的理想目标差了一大截。想到自己的创意和策划有一大半要付诸东流,夏幸不由得叹了口气,合上了会议笔记。

老板吓一跳,问:"怎么了?不就是预算吗?没问题,我相信你能搞定。"

夏幸给老板看丹尼尔的邮件。老板夸张地翻个白眼:"布宜诺斯艾利斯?你们这些人,就是太理想主义。"

为什么不能理想主义?曾经在中国留学的丹尼尔,回德国后在一家律师事务所做法律顾问,服务的客户都是全球500强公司,薪水十分优渥,但他的理想其实是做公益事业。几年后,他向着他的理想出发了,从此整个世界都是他的家。

那我呢?夏幸想。

辞掉工作时,夏幸对自己说:嗯,一个理想主义者,应该听从自己内心的安排。

米歇尔常被人说成是理想主义者,但她其实没有什么了不起的梦想,她唯一的梦想是:未来有一天和自己的孩子谈起人生时,有足够的谈资。

年轻时,她试着去做很多事。有一年,她趁着大学寒假,独自去印度做了一个月的志愿者。跨年的那个周末,她和小伙伴们去沙漠玩，年后坐火车从金色之城杰森梅尔回新德里。

当时天色已晚，时间很赶，她和一个台湾妹子同行，进了火车站，看都没看就上了一辆停在站台的车，松了一口气准备躺下来休息。

列车员大叔过来查票，发现她们坐错了车。本来是要北上新德里，结果上了开往南印度的车。大叔紧张地说，你们赶紧下车。当时车已经开动，米歇尔和台湾妹子茫茫然地被推搡到门边，抱着枕头、毛毯就这么连滚带爬地跳了下去，幸好没有受伤。

车上的人都趴在窗口，相当热情地招呼她们赶快上对面的车。她和台湾妹子冲向对面站台，一辆鸣着汽笛的火车刚刚进站，还没停稳，两个人把枕头、毛毯和行李往车上一扔，台湾妹子就先跳了上去，米歇尔犹豫间也被车上看热闹的人拽了上去。

一上车，她们又傻眼了。

原来这辆火车也不是开往新德里的。正打算等车停稳后下车，谁知被车厢里一群男孩给缠住了。一开始只是搭讪，后来越闹越不正经，其中一个男孩甚至想凑上去亲那个台湾妹子。米歇尔想起新闻里报道的印度公交强奸案，害怕得浑身发抖。

幸好遇到一个英语很好，看上去很斯文的大叔，上前劝住了这群男孩。大叔问明她们的目的地，还帮她们找到了正确的车次。

回到中国，米歇尔不敢和父母提这段经历，怕他们担心。但她兴奋地对台湾妹子说："等以后有了孩子，一定要跟孩子讲妈妈在印度跳火车的惊险故事！"

不仅是印度跳火车的故事，未来她大概还会有更多的谈资，足以跟自己的孩子讲一辈子"妈妈和这个世界之间发生的故事"。

曾听朋友路易丝讲过她的一段见闻。

她在英国留学打工时，常常在假期出门旅行。有一次她决定去挪威，但挪威的酒店很贵，于是她想起了沙发客网站。

路易丝发出了几十份的申请，最终收留她的是一个挪威的四口之家。令她惊喜的是，四口之家的男主人居然是一位挪威海军军官，这让从小就迷恋海军的路易丝兴奋得不得了。

不过，来接她的既不是男主人，也不是女主人，而是来自泰国的纳尼，一个同为"欧洲漂"的亚洲女孩。路易丝和她一见如故。

两人夜里在沙发上分享人生经历，聊了很多彼此的事。泰国姑娘说她精通四国语言，并告诉路易丝她的专业是国际教育，梦想是让更多的泰国孩子学会外语，走出来看看这个世界，看看这个世界到底有多大，而他们在国内的烦恼又是多么的小。

泰国姑娘的双眼放光,路易丝却湿了眼眶。

描绘梦想,我们总是习惯呕心沥血,生怕不能把自己感动得泪流满面。

但实际上,用最通俗的语言描述梦想的含义,无非就是做你想做的事,过你想过的生活。

为此,无怨无悔。

过一场没有重复的人生,为喜欢的工作远走非洲,印度的跳车经历,让更多孩子出来看看世界的愿望——所有赐予你热情,给予你动力,让你义无反顾想要实现的事,都可以是梦想丰满的羽翼。

梦想还是要有的,万一实现了呢

梦想真的不在大小,只要你有,只要你愿意为它去行动,无论何时都尽力去滋养它,总有一天,它会反哺你的人生。

纯爱少女漫画《好想告诉你》中的女主角黑沼爽子,刚出场时是一个在班级里被孤立的气质酷似《午夜凶铃》中的贞子的人见人怕的女孩。但乍看起来气质阴郁的她,其实是个相当乐观开朗的孩子,即使被所有人忽视、嫌弃,也永远告诉自己,下次再努力。

她的座右铭是"日行一善",梦想是变成一个爽朗的人,交到很多朋友,就像她憧憬的男孩那样。

她每天做的善行都相当可爱。

黑板每天是她在擦;花坛里的花,每天都是她放学后去照看;放暑假了,老师需要学生帮忙,没有人自告奋勇,只有她怯怯地举起了手,此后每天顶着酷暑去学校;用心把笔记记得很详细,主动借给大家看;因为大家都叫她贞子,为了满足期待,她去图书馆借怪谈类型的书,背下里面的恐怖故事,有机会就给人讲;夏季试胆大会,为了让所有人玩得尽兴,她一个人披散着头发穿着白色连衣裙躲在漆黑的树林里,等着同学经过时出来吓人……

沉默、温暖、可爱,日行一善,被所有人看在眼里,终于一点点融化了误解,消泯了界限,让她实现了交很多朋友的梦想。

变得爽朗,交到朋友,对大多数人来说,这几乎不能称之为梦想。

但梦想又何必分大小。

只要真挚,即使只是一个交朋友的梦想,也能让一个15岁的少女在青春的眼泪和笑容里蜕变为更好的自己。

只要真挚,日行一善的梦想和做一件伟大善事的梦想本质上没有什么区别。

住过大学附近一个小区,小区里都是老楼,老人多。每天出门去上班,总能遇到遛狗散步的老头老太太。一次,经常出入的西门翻修,我只好绕路去北门,路过一栋楼,发现院子里有好几只猫,我是个爱猫成痴的人,当然要停下来逗一逗它们,拍几张照留念。

这时一个老太太端着好几个猫饭盆出来,呼啦一下,不知从哪里钻出来一大群猫,围过来喵喵直叫,我数了数,居然有二十多只。

和老太太聊过才知道,那都是她从不同地方捡来的野猫。有的小猫刚生下来,缺少食物养不活,被她收留,有的是从领养机构抱回来的,还有的是被主人抛弃的宠物猫,奄奄一息躺在路边,被她捡了回来……

她一只只和我历数那些猫的来历,听得我鼻子发酸。

老太太没有儿女,养了一辈子猫,救活的野猫,收留的弃猫,数都数不过来,那些猫就是她的儿女。

曾经在旅途中遇到一个女孩,她告诉我,她是一个超级动物迷、素食者、坚定的动物保护主义者,同时还是一位刚刚起步的创业者,梦想是有一天在世界各地建立动物保护基金,运营全球性的动物保护组织,用自己的力量去影响全世界对动物的态度,保护动物们的生存环境。

我问她现在有没有参加动物保护组织，有没有做过类似的志愿者服务，有没有养什么动物，她说这些都做过，但她现在的重心并不是做这些事。为了实现梦想，她现在必须积累商业经验，积累人脉，学习运营，成就一番事业。

"城市救助站在救每一只他们看到的动物，领养组织在保护每一只他们能够保护的动物，爱护动物的人在抗议，在行动，每个人都在做着力所能及的事，而我力所能及的事，是利用我的能力和野心，做更大的事。"

现在，她创办的公司刚刚起步，她为自己留出了十五年的时间，制订了十五年的计划，意气风发，干劲满满。

无论是收养一只野猫，还是致力于在十五年之后构建更好的动物生存环境，都让我深深动容。

梦想真的不在大小，只要你有，只要你愿意为它去行动，无论何时都尽力去滋养它，总有一天，它会反哺你的人生。

去深圳出差，在客户的公司遇见一位20多岁的年轻助理，她说她的梦想是在30岁那年退休。我被这个奇葩的梦想惊艳到，连忙问她打算怎么实现。

她告诉我，从大学开始到现在，她做过的工作不下五十份，当然大部分都是兼职。目前，她的收入主要来源于升职空间很大的全职工作、写书的版税、兼职广告策划、股票、基金,以及她从大学经营至今的网店。说要"退休",其实只是辞去全职工作,其余的收入并不会受到影响。

"如果不是这几年不断尝试,我大概永远都不会知道原来我擅长做的事这么多,原来有这么多途径可以赚钱。"

"不辛苦吗?"我问她。

"当然辛苦。大学那会儿,一天三份兼职,算是常态,还要抽出时间念书,研究股票、基金。网店早就雇了其他人在管理,我一个人肯定忙不过来。不过,每天的时间都排得特别满,所以也觉得特别充实。"

如果是这样的话,退不退休都没有区别吧?我问她"退休"之后想做什么。

她笑了:"第一件事当然是环游世界。退休之前我是努力赚钱,退休之后,我想尝试去做更多不那么赚钱的事,去更多的地方,接触更多的人,然后在这期间,只要顺便赚钱就好了。"

你会觉得这个30岁就想"退休"的女孩懒惰没有志向吗?我想不会。因为,她30岁之前的人生履历已经足够精彩。

她将自己的才能、时间、体力、精力、头脑、智慧完全利用起来,去实现那个多少有些奇葩的梦想,然后她真的可以过上梦想中的生活:赚够了钱,就去环游世界;旅行够了,就去做其他事情。

世界那么大,可以做的事情那么多,我相信她30岁之后的人生会更加精彩。

等到老去的那一天,她坐在摇椅上回忆一生。所有的片段就像烟火划过夜空,华丽璀璨,哪怕最终的结局是消逝,也已尽情绽放过,没有任何遗憾。

小时候我们诉说梦想,总觉得遥不可及,眼睛里却熠熠生辉。那时,我们都期待自己成长为更出色的人。

长大后再谈梦想,才知道有太多的人,已在追梦的半路失去踪迹。

宫崎骏的电影《千与千寻》里有句话:很多事情不能自己掌控,即使再孤单再寂寞,仍要继续走下去,不许停,也不能回头。

用它来谈论人生和梦想,刚刚好。

不许停,不许回头,要一直走下去。

走下去,才会看见光亮。

若你还有梦,此生就已值得庆幸。

第三章 在带刺的红玫瑰上，采下冬天的歌谣

人生不过一场赌局。

不上场赌一把，你不会知道结局。

不过，所有的结局都是最好的结局。

所有的结局都是最好的结局

并非所有的努力都必须求得一个完美的结局。哪怕仅仅使自己有所成长,也不失为最好的结局。

在一个著名的图片网站上有一位84岁的老奶奶,喜欢穿花哨的衣服,化很艳丽的妆,涂粉色指甲油,爱自拍,活力四射,热情可爱。她的自拍照常常得到数万人点赞和评论。

看过老奶奶的一张照片,她穿一件色彩缤纷的T恤,在一群年轻帅气的男孩围绕下,比出剪刀手,露出孩子气的搞怪表情。她对这张照片的描述是:"我爱男孩们!"

谁会觉得那张满是皱纹的脸不美?

谁会觉得84岁的老女人不能喜欢年轻男孩?

这个活到84岁也丝毫不曾老去的女人,让我想起法国女作家玛格丽特·杜拉斯对最亲密的女友说过的话:"真奇怪,你考虑年龄,我从来不想它,年龄不重要。"

我想,84岁仍然爱美,仍然追逐年轻男孩的人,说着"年龄并不重要"的人,其实都是不在乎结局的人。

在她们眼里，人生是过程，是每一个当下，是此时，此地。

84岁的老女人谈一场恋爱，难道还担心会迎来分手的结局？爱一天，就是赚一天。70多岁的杜拉斯写一篇小说，难道还担心能不能卖出去，能不能换来评论家的好评？多写一个字，都是对这场精彩人生的最好交代。

很多时候我们以为，做一份工作，实现一个梦想，爱一个人，过一场人生，这一切必须指向某个阳光灿烂的结局，否则就是失败，否则就不值得。

其实，不是的。

泰国电影《初恋那件小事》中，女主角小水一开始只是一个没有任何长处的平凡女生，唯一拥有的是青春，但青春也只是作为陪衬，衬托出她的平凡罢了。

青春期的孩子，谁都有憧憬和向往。男生向往最可爱、最美好的女生，女生也憧憬最优秀、最帅气的男生。正是在这样的憧憬和向往里，他们第一次以他人为镜，照见自己。

从那个名叫阿亮的优秀帅气的学长身上，小水第一次看到自己那一无是处的平凡，并为此深深自卑。

像所有情窦初开的少女一样，为了接近帅气的学长，她做了很多傻事：为了经过他的教室故意绕远路；在角落里偷看他的一举一动；甚至睡觉的时候，会幻想枕头是他的胳膊……

为了能配得上优秀的学长,她开始很努力地改变自己。她加入舞蹈社学跳舞,参演小话剧,还去学习军乐指挥……一切都是为了靠近阿亮一点,哪怕只是一点点。

到了初三,小水终于褪去了最初的平凡,变成了学校里最可爱、最受欢迎的女孩。毕业时,她有了足够的自信和勇气向学长表白。谁知学长在一个星期前已经和另一位学姐在一起了。

电影的结尾,小水成为一流的服装设计师从美国回来,与学长重逢。错过了九年,王子和公主终于幸福地生活在一起,像所有童话的结局。

我看了,却觉得这是一个多余的结局。

灰姑娘失去了她的王子和爱情,但她已经蜕变成长。故事到这里就可以完结。因为,无论最终她是否得到王子的青睐,都已是人群中最耀眼的公主。

这已是最好的结局。

有位朋友,从中学时代开始就一直喜欢日本的某位偶像男星。为了在第一时间得知他的动向,她争取到在上海工作的机会,加入了大本营设在上海的粉丝团;为了听懂他说话,她自学日语,通过了日语能力二级考试;那位男星很少来中国,她就努力寻找出国的机会;甚至因为这份迷恋,她最终嫁了一个日本男人。

父母曾说她不务正业,朋友也骂她脑残粉,她甚至曾为了去听他的一场演唱会丢掉工作。直至现在,她仍然是该男星粉丝团的一员,仍然迷恋着这位远在异国的明星,尽管她从来没有和他说过话,近距离接触的次数也屈指可数。有时我问她为什么会迷恋一个触不可及的人,到底想求得什么样的结果?

她笑言,不求结果。

要什么结果呢?如今的她,和中学时代那个羞涩内向的女孩已不可同日而语,因为经常参加粉丝团的活动,她交际广泛,锻炼出一流的组织能力和策划能力;因为日语好,她跳槽到一家日企,职业生涯渐入佳境;如今,家庭也美满幸福——这不就是最好的结果吗?

并非所有的努力都必须求得一个完美的结局。

哪怕仅仅使自己有所成长,也不失为最好的结局。

前段时间,身边的人都念叨着一句网络流行语:"累觉不爱。"失恋了,对爱情累觉不爱;工作太忙,压力太大,对工作累觉不爱;一个人苦拼,看不到未来,看不到希望,对梦想累觉不爱……所有横亘在人生路上的障碍,都会变成"不爱"的理由。

但你听杜拉斯说:"爱之于我,不是肌肤之亲,不是一蔬一饭。它是一种不死的欲望,是疲惫生活中的英雄梦想。"

世人都以为她说的是爱情，但我觉得，她谈论的是人生。

工作中接触过一个女孩，漂亮，身材高挑，外表简直无可挑剔，初见面时我就在心里惊叹，哇，好像模特。

一问，果然是模特。

"很久以前的事了。"她提及过往，语气云淡风轻。

几年前，她还是大学生，在一次模特比赛中得了亚军，签了经纪公司，从此开始了舞台上聚光灯下的光鲜生活。

"真是光鲜。有时穿着厂商赞助的昂贵晚礼服去参加酒会，端着高脚杯，被众人簇拥着，会生出一种自己高贵如公主的错觉。"

没错，是错觉。离开酒会，把衣服脱下来送回去，仍然是平凡的自己。在这样华美的日子里，她沉迷了半年，直到有一次去赴一个饭局，席上一位富商要求她陪酒，言语里诸多不敬，她才猛然醒悟过来，或许光鲜的外表是很多女孩子梦寐以求的，但这绝对不是她曾经梦想的未来。

辞掉模特的工作，她有一段时间无所事事，不过很快又找到可以做的事。她陪经商的父亲参加某个行业盛会时，结识了父亲一位朋友的儿子，由此开始了人生第一段恋爱，以及第一次创业。

两个人拿出各自的全部积蓄，开了一家服装店，从电商入手，一步步建立起自己的品牌。曾经做过模特的漂亮女孩亲自跑工厂、跑渠道,甚至考察原产地,有时一头扎进工厂里,好几天不眠不休,浑身脏兮兮的,蓬头垢面也顾不上了。

辛苦没有换来回报。服装电商胎死腹中,赔进去的,是两个人全部的热情和金钱,以及爱情。

男友垂头丧气地离开,找了一份朝九晚五的工作。她却没有气馁。第二次创业的点子,是她很早以前去巴黎旅行时想到的,却苦于缺乏启动资金。为了这一次的创业,各大投资机构,她几乎全都拜访过了,可是没有人愿意投资,甚至没有人愿意听她说话。朋友介绍了投资人给她,她便连夜订机票飞往当地谈合作。

她本来就瘦,那段时间,更是瘦得厉害。朋友都开她玩笑说:"明明可以靠脸吃饭,非要靠努力。"

她仍是那种云淡风轻的语气:"容貌会老去,努力却不会。"

如今,她仍然和很多投资人在谈,仍然没有拿到第一笔投资。但是,我想,成功于她,只是迟早的事;也知道,即使这次创业仍然以失败告终,她也不会停止努力,停下脚步。因为她有"不死的欲望",有她的"英雄梦想"。

一个从来不曾停下脚步的姑娘,没有理由不成长,没有理由不从失去里收获更多。

有时我们奋不顾身去追逐,去努力,固然是为了得到一个童话般的结局,得到成功和幸福,但谁也不能保证每一次追逐都能指向圆满的结局。

现实往往是：追逐不一定就能得到，努力不一定就能有收获，甚至你拥有的一切，都可能随时失去。

人生的失去、失败，多少带点儿不由分说的意味，让你早有预感，又猝不及防。

你只能接受，独自吞下苦果。

但每个人也都是在这条路上一点点成长，一点点蜕变，变得光彩耀目的。

别害怕，迈出脚步。

要知道：所有的结局都是最好的结局。

公主只在童话里

女人大都是多面手，可应对各种情况。因为，她们不知道生活会在什么时候对自己提出苛刻的要求。

亲爱的表妹，前几天你打电话给我，诉说你在工作上遇到的委屈，说着说着就哭了，哽咽着问我以后怎么办。原谅我当时并没有告诉你怎么办，只轻声细语安抚了几句。

是的，我能想象你在电话那头梨花带雨惹人怜爱的模样。你从小就长得好看，穿着公主裙，嘟着小嘴，粉嫩可爱，要是你哭了，就算做了天大的坏事，大家都会原谅你。你一定觉得奇怪，为什么小时候百试百灵的招数，现在一点用也没有。现在的你要是哭了，那个刻薄、脾气又坏的女上司会叫你出去哭，免得影响别人工作。

其实，你心里很清楚，外面的世界比不得家里，没有人会像你的家人一样，把你当成公主去宠爱，所以你在得到人生第一份工作时就做好了心理准备，打算把那些任性刁蛮的公主脾气收一收，像其他人一样，认真工作，和上司、同事好好相处。

谁能料到，你一踏入职场就遇到了那样的女上司。你告诉我，她也不过30多岁，并不老，但总是穿一身土气的灰色职业装，就像你中学时那个严厉古板的老班主任，长相一般，又不苟言笑，让人望而生畏。你说一定是因为你太可爱，又喜欢打扮，她才看你不顺眼，处处针对你。所有琐碎繁重的工作都分派给你做，从来不表扬你，交上去的文件，哪怕有一个错别字，她都要训你几句，退回来重做。

有一次，你买了条"银时代"的新款手链，戴在你白皙的手腕上十分抢眼。同事都围过来说好看，偏偏只有她，经过时冷冷瞟一眼，说："就会在这种事上用心，难怪工作做不好。"你气得泪花在眼眶里打转，死死忍住才没有回嘴。

你在电话里向我哭诉，说你恨死她了，再这样下去，你肯定会忍不住跟她大吵一架。

哭完之后，你很冷静地问我，如果真的因为跟上司吵架被炒鱿鱼，是不是会影响到找下一份工作，是不是自己主动辞职会比较好。

亲爱的表妹，看来你已经动了辞职的念头。

其实，我无法告诉你辞职的选择是好还是不好。我只想告诉你一句话：你所有的选择都是正确的，只要你能够承担结果，并且绝不后悔。

没错，如果你能够承担辞职的后果，并且不后悔，那你当然可以潇洒地辞职走人，临走时甚至还可以很酷地对那位尖酸刻薄的女上司比一个不雅的手势。

但我想提醒你，假如你认为辞职的后果不过是丢了一份工作，只需要付出一些微小的代价譬如花费一点儿时间和精力再找一份工作的话，那你就错了。你放弃了一份烦人的工作，摆脱了一个烦人的上司，但谁也不能保证你接下来将得到一份更好的工作，遇见一个更好的上司。

我知道你看过让·雷诺主演的电影《这个杀手不太冷》，还记得娜塔莉·波特曼演的小女孩在某一次被父母虐待后问杀手的问题吗？她问他："人生总是这么痛苦吗？还是只有童年如此？"杀手回答她："总是如此。"

这或许是个不太恰当的例子，但我想他说出了人生的某种本质。你不能指望逃离一种糟糕的境遇后，从此就过上幸福快乐的生活，那只是童话。现实的人生是，痛苦永远不会断绝，旧的痛苦走了，新的痛苦仍会到来，你无法改变境遇，能够改变的唯有自己。

你当然知道公主只能活在童话里，所以你说你收起了公主脾气，可是我看到的，只是你表面的顺从和忍耐，你的内心其实仍然希望自己像公主一样受人喜爱和追捧，不能忍受别人的忽视和责难。

职场需要你顺从和忍耐，你必须在一定程度上听从上司的指令，忍耐工作的枯燥琐碎，忍耐其他人，包括同事、上司、客户的缺点和脾气，工作才能顺利进行。但这不应该是被迫的。你的顺从和忍耐，应该是为了把工作做得更好，为了让自己更出色、更优秀，而不是为了做给别人看，让别人来迁就你、夸奖你。

也许你那位严肃古板的女上司正是因为看到了这一点，才对你印象不佳，因而处处为难你。上司也有情绪和好恶，责怪她因为不喜欢你而针对你是没有用的。

而且，如果换个角度来看，或许你就会发现，她其实并没有那么针对你。交给你更多工作，也许是在重用你，给你更多机会呢！对你严格、挑剔，也有可能是对你寄予厚望，希望你更完美。

即使这些都不是她的本意，你也可以把她所有的挑剔和刻薄都当作是对自己的考验和磨炼，借此迅速改进工作方法和态度，让自己变得更完美。

台湾创意天后李欣频曾在她的书里写道，要脱离糟糕的现状，最好的方法不是逃避，而是想办法让现状变好，好到你不想离开的地步，这样一来，不知不觉你就会发现，自己已经脱离现状，踏入了更好的未来。

如果你不改变自己，只一味地逃避糟糕的境遇，结果很可能是让自己落入另一种糟糕境遇。

既然已经说到了这里，亲爱的表妹，不如听表姐再啰唆几句题外话。

不知道你有没有思考过这个问题：你将来想成为什么样的女人？当父母的小公主、男友的小宝贝，轻松工作，享受生活，遇到不顺心的事就撒手不干，还是独立自主，追求卓越，自己闯出一片天地来？

我并不是要评判哪种更好哪种更坏，要知道，女人可是相当复杂的生物，绝不仅仅只有一面。

我有一个朋友，是时下常见的"女汉子"，外表气质性格都和你正好相反。身为销售主管，她的工作作风相当强悍，在公司说一不二，和客户应酬时八面玲珑，喝起酒来以一挡三，男人都不是对手。就是这样一个女汉子，最大的爱好却是做料理。每次和她一起出去玩，她总要带些自己做的精致小点心分给大家，平日里我们也经常收到她做的泡菜或者寿司，而且她最喜欢的颜色居然是粉色，工作之外的衣服、包包，几乎都是粉色系，在男友面前，完全就是一个娇滴滴的小女人。

你是不是觉得这样的人很奇葩？或许等你再长大一些就会知道，女人都是多面能手。明明觉得化妆好麻烦，但一定会努力学习打扮；明明是个吃货，却仍然会费尽心思保持身材；不喜欢穿高跟鞋和裙子的女汉子，在必要的场合也会迅速变身为优雅妩媚的女人；就算是个工作狂，也一定会抽出时间来享受生活的一点小情趣；就算在日常生活中懒得不行，也一定会很努力地去学习新东西，尝试新鲜事物……

因为，她们不知道生活会在什么时候对自己提出苛刻的要求。有时，你必须成为可靠的人，让上司、同事、客户都信赖你；有时你需要有强健的身体、强大的心灵，应付生活中的各种难题；你要玩得来小清新，装得了女王范儿，得温柔体贴，知冷知热，在外表上费功夫，花时间丰富内心，让自己成为一个让人惊喜、值得交往的人。

你看，要成为不错的女人，一点都不简单呢。

和这样的女人相比，童话里的公主是不是显得很苍白？

亲爱的表妹，不要再将女上司的苛刻看作天大的烦恼，你已经到了需要认真思考以下这个问题的年纪：

不久的将来，你想要成为什么样的女人？

人生在世，好好感受

人生太过复杂，我也不是万事明了，能送给你的只有四个字：好好感受。

他在演艺圈并不红，但身价颇高，口碑极好，算是很有名的演技派演员。

早些年，他其实红过。那时他还是个初出茅庐的演员，一次偶然的机会，被邀请出演一部网络爱情剧的男二号。这部剧在网络上播出后，意外地火了。他也因此而走红，接到不少活动和片约。

就在演艺事业正要步入佳境之时，他做出惊人决定：暂时辞别演艺圈，孤身前往国外读表演学校。

他将全部积蓄都投入到学费上。为了赚取生活费，断了收入来源的他开始在课余时间四处寻找打工机会。餐厅、搬家公司、便利店、加油站……几乎全都涉足过。

等到学成归国，他才知道那部网络剧拍了好几部续集，男二号换了人，照样被捧红。而他如今却被人淡忘，连份拍戏的工作都难找。

朋友都说他傻,此前放着大好机会不利用,偏偏跑大老远去学表演。这下可好,赔了夫人又折兵。

他只是笑一笑,并不反驳。他心里清楚得很:一旦离开就会被淡忘的走红,并不值得留恋,从一开始,他就不想当一个只有脸好看的偶像。

那段时间,他没有片约,只是每天默默去剧场排练。

剧场的新话剧,他担纲主演。那还是他在国外表演学校时接到的角色。当时一位在国内还算出名的话剧导演去学校参加一个活动,他主动找导演攀谈,两人相谈甚欢,导演当时正好有意起用新人,他顺手就接了导演下一部话剧的男主演。

一部小众的话剧当然不能让他受到瞩目,却在他的表演履历里留下了重要一笔。此后,开始有导演找他拍文艺电影,有编剧指名他出演某个高难度的角色。他的片约仍然不多,也仍然不怎么红,却已在属于他的领域静静发出光芒。当年那个网络爱情剧里的奶油小生,如今已经变成一个成熟的男人,一名味道十足的演技派演员。

后来,他在一次采访中被问道:"对自己的选择,有没有后悔过?"

他很干脆地回答:"没有。"

记者不肯罢休:"可是,当初如果你不出国学表演,没有耽误那几年,现在很可能已经是粉丝无数的大明星了。"

他笑了："我不适合做大明星，我只想做一个演员。"

说完，他提起一件事。

其实，他之所以选择去国外念表演学校，是因为那个国家有他最崇拜的演员。入学后，他曾经提笔给那位演员写了一封很长的信，叙述自己的经历、想法、梦想，以及对那位演员的崇敬仰慕之心。没想到演员竟然写了回信给他，信上说："人生太过复杂，我也不是万事明了，能送给你的只有四个字：好好感受。"

好好感受。

多好的四个字，简直把人生道尽。

人生万事，苦乐、悲喜、得失，怎么计较得清楚呢。你说他放弃如日中天的名气远赴海外学表演耽误了星途，是失；他却觉得那段海外学习的经历让他成了一个真正的演员，就连困窘时四处打工的经历都没有白费，它们全都会成为演技的养料和灵魂，所以这个选择毫无疑问，是得。

怎么可能分得清楚？不如只是好好感受。

得也好，失也罢，都去感受，都让它在途中。反正得也不是最终的得，失也不是最终的失。

有个女孩子，大学毕业三年，换了六份工作。朋友都觉得她太不靠谱，劝她早点稳定下来："别人都辛辛苦苦、勤勤恳恳地攒经验，混资历，规划职业生涯，你呢？折腾来折腾去，到头来还是个新职员的薪资待遇，还是长点心吧。"

也不怪朋友吐槽，她第一次辞职，居然是因为暗恋同一个办公室的同事。暗恋得像个花痴一样，常常偷偷看他，有时他对她笑了，和她说了一句工作之外的话，她都能开心好久。暗恋半年后，她忍不住找他表白。

结果他很为难的样子，委婉地说了一些拒绝的话，大意是，我们是同事，我从来没有往恋爱那方面想过，何况还在同一个办公室……她很难过，觉得以后再在同一个办公室面对他会变成一种煎熬，因此不管不顾就辞了职。

此后的五次辞职，全是因为和顶头上司吵架。职场上的人际关系，对她来说简直如同迷宫，她在里面左冲右突，动辄就遇死路。

朋友每次都劝她："很多时候对你上司的所作所为，睁一只眼闭一只眼就好，他说什么，你听着就好，何必要去吵架？要解决问题，也该用更聪明委婉的方式，难道吵架能够改变你的上司，改变你的现状吗？"

到最后，每个朋友都说："你再这样下去，还有哪家公司敢要你？"

她知道朋友说得有道理，却又难免因此生出一股倔强之气："你说我不行？我偏要证明我行！"

六份工作，横跨三个几乎完全没有交集的行业。利用周末和假期，她努力学习，拿到三种不同的职业证书。她一边和她认为不够好的顶头上司吵架，一边拼命工作。

第六次辞职时,她正准备第七份工作的面试,不料第五家公司的总监忽然打来电话,邀她一起创业。

"为什么是我?"后来她问。

总监只说了一句:"因为你足够优秀。更重要的是,在工作上,你是个不肯苟且妥协的人。"

如今,她成为这家公司的首席战略官。

曾经不懂人际交往、不明白怎么当一个好下属、被朋友担忧找不到工作的人,如今在职场上,已经比所有的同龄人走得更快、更远。

或许这是运气。

可是,是谁说过,运气也是实力的一部分。而这份实力,是她那股不肯服输的拼劲换来的。

她以为自己一退再退,一失再失,原来不知不觉间,自己一直在前行。

原来,所有的"得"都不是最终的得,所有的"失"也不是最终的失。

这世上有人说,要过好百分之一的生活,专心致志,有志者事竟成。有人说,要去看百分之九十九的世界,读万卷书,不如行万里路。

于是有人问,到底应该过好百分之一的生活,还是去看百分之九十九的世界?

要我说,最好不问。

人生不过是一场赌局，不上场赌一把，你不会知道结局。

能够做到的只是：感受一切，体验一切；愿赌服输，莫留遗憾。

一切恐惧都来源于想象

过去的岁月看来安全无害，被轻易跨越，而未来藏在迷雾之中，隔着距离，看起来叫人胆怯。但当你踏足其中，就会云开雾散。

曾经去某剧场看实验话剧。

剧场在一条胡同里。不大，却有很高的大厅，一半是观众席，一半是舞台，二者之间没有距离，观众和演员彼此触手可及。整出戏只有两个演员，一个是导演系的在读学生，一个是在职白领，两人于舞台剧完全是门外汉，却都演得专注而投入。

这场话剧的主题是恐惧。

一对恋人，对各自人生的恐惧，对现实的恐惧，对未来的恐惧，对亲密关系的恐惧，对感情失陷的恐惧，对距离的恐惧，对无法把控的自我的恐惧……

短短两小时的演出，将人心的各种恐惧演绎得细致入微。我坐在那里，看出一身冷汗，觉得那戏里演的处处都是自己的写照。

那阵子，正值毕业前夕，也是职业选择的关键时期。想回老家，却恐惧于此后一成不变的生活，担心自己会屈从于父母的安排生活下去；想去更大的城市，却害怕前方的庞大未知，无法下定决心迈出脚步。

尚未从上一段心力交瘁的恋情伤痛中走出来，却又心有余悸地与新的恋人交往着，时时都害怕重蹈覆辙，心里充满悲观，总觉得这段感情不能长久。对方对我好一点，就心惊胆战，生怕得到越多，失去越快。自己也不敢过多地付出，怕再次被伤得体无完肤。

那时，我真是满心满身的恐惧。

像被细线缠绕全身，束手束脚站在原地不敢动弹。

如今离当时不过几年光阴，生活却已转过好几个弯，柳暗花明。回望那时将我困住的恐惧，我总是想起柏瑞尔·马卡姆在《夜航西飞》里写下的话："过去的岁月看来安全无害，被轻易跨越，而未来藏在迷雾之中，隔着距离，看起来叫人胆怯。但当你踏足其中，就会云开雾散。"

时间最终给了我答案。

时至今日，那段令我心惊胆战的恋情的确结束了，却也没有将我伤得体无完肤。彼此和平分手,还是朋友。我并没有为覆水难收的付出而后悔,也并没有过多地怀念这几年来他对我无微不至的好。并非不够爱,但个中原因实在很难讲清楚,或许是因为我在好几年的磨炼中已经变得足够成熟坚韧。

而我最终选择了去更大的城市工作生活,前方等着我的确实是庞大的未知,气候、生活习俗、人群,一切都是陌生的。不过,当我踏足其中时,迷雾就已揭开。我像所有来到这里的年轻人一样,找工作,找房子,在陌生的小区、陌生的街道、陌生的职场、陌生的人际关系中开始新的生活,并且逐渐生活得很好,直到终于融入这个城市的背景和气质,毫无违和感。

由此我意识到,立足于今日的眼界和胸怀,去恐惧未来有可能发生在自己身上的悲剧,是一件很可笑的事。

未来的自己,哪怕是明天的自己,都有可能比今日的自己更厉害、更坚强、更优秀,不是吗?

今日弱小的我看到的如天崩地裂般令人恐惧的痛苦和灾难,在未来强大的我看来,或许只是不值一提的烟云吧。

我的一位高中同学,前段时间远赴伊斯坦布尔。对于这座横跨欧亚大陆的城市,她和我一样,只在周杰伦的歌里听到过——"就像是童话故事,有教堂有城堡"。除此之外,她对它一无所知。尽管如此,她却不顾家人反对,去得义无反顾。

对于伊斯坦布尔,她并没有什么非去不可的理由。不去伊斯坦布尔,新德里也可以,去布宜诺斯艾利斯也可以。只不过恰好她拿到了伊斯坦布尔孔子学院的申请,而且恰好有个伊斯坦布尔的男友,于是就去了。

她的梦想一直没有确切的模样,唯一可以确定的是:梦想一直在远方。

出国之前,她邀请朋友们聚餐,大家都问她:怎么能这么轻易就做出决定呢?难道你不害怕吗?为什么非得去那里工作呢?国内难道没有好工作?一个女孩子,独自去那么远的地方,谁也不认识,一个亲人朋友都没有,万一出什么事,万一男友对你不好,万一工作丢了,可怎么办?

她说,她的爸妈当时也是这样说的。其实,她自己也知道,值得担心害怕的事情的确太多了,真要说起来,三天三夜都说不完。

"但是,你们知道吗?"她轻轻微笑,表情安然,"对梦想和远方身不由己的向往,会压倒所有的恐惧。"

如今,她同时在孔子学院和汉堡王市场部拥有两份截然不同的工作,嫁给伊斯坦布尔的男友,生下一个漂亮的混血儿,事业、生活都顺遂得很。

自然,父母和朋友担心害怕的那一切,全都不曾发生。

有人说,梦想就像一场试探,看我们能够付出多少不求回报，坚持多久不问结果。

看着她，我却觉得，梦想更像一场豪赌。

付出一切，只为了赌一种可能性。

而仅仅是那一种可能性，就值得付出所有。

身边的很多人都不敢任性，慨叹着曾经的梦想渐行渐远，自己却被生活的琐碎和生存的压力困住，寸步难行。其中理由各种各样，但归根结底无非恐惧——对失去的恐惧，对未来的恐惧。

其实，不必为自己找理由，错失梦想，那就错失。或许这错失会延续一生，或许，某一天你会找到一个契机，人生忽然柳暗花明。等到那一天，你会发现，所有的恐惧、担忧和害怕，只不过是因为你对梦想还不够挚爱。

记得当年那出话剧演完后，有一场小小的访谈，编剧从幕后走出来，年轻得出乎意料。她在访谈中特别感谢了剧场的老板，感谢他对这出并不卖座的实验话剧的支持。

老板是一位长得圆乎乎的大叔，闻言，他乐呵呵道："不用谢我，我开这家剧场的初衷，就是为了支持年轻人，支持一切大胆的先锋实验戏剧。"

在寸土寸金的城市里经营一个并不赚钱的小剧场，台下观众忍不住担心："那您能经营下去吗？"

大叔笑道："如你所见，我已经经营至今了。"

另一位观众问："那您不害怕以后会经营不下去？"

大叔仍是一脸笑容:"说实话,我真不害怕。因为我发现,当我竭尽全力非要做成这件事不可时,周围就奇迹般地出现了很多帮助我的人,比如各种捐款、赞助,我甚至还得到了一些相关慈善基金的经费,以及很多有名的剧团愿意提供帮助,还有不少大学生来这里做义工,帮我们做宣传海报、网站,等等。更何况,有你们这些热爱戏剧的观众在,我相信这个剧院会一直存在下去。"

经久不息的掌声,响彻这个小小的剧院。

而更打动我的,是大叔接下来说的一席话:"我会尽最大努力去做,绝不轻易言败,当然我也已经做好最坏的打算。如果有一天真的经营不下去了,请大家不要担心。我会继续在这个行业,做所有我力所能及的事。"

不久前,和剧院工作的朋友一起去小剧场看新剧。坐在剧场二楼的咖啡厅等待,我聊起从前看过的那出关于恐惧的实验话剧。

朋友听完,说了一句:"一切恐惧都来源于想象。"

我一愣。

可不是嘛,都是想象。

强大是最狠的报复

最狠也最让人释怀的报复,不是针锋相对,以牙还牙,以血还血,而是让自己站到他们不可企及、只能仰望的位置。

(一)

一位网络画手,年纪轻轻就出版了一部畅销漫画书,靠版税养活了全家人。在此之前,她因为家境不好无法去专业院校学习美术,只能靠自学和接一些画漫画的兼职来磨炼画技。最初,她连画板都是借钱买的。

像所有怀抱梦想的傻孩子一样,她撞过无数墙,被无数人否定。父母要求她收起画画的心思,好好学习,考上大学,找一份稳定的工作;老师说她画得太烂,根本不可能当漫画家;身边的人嘲笑她,劝她别做白日梦。

但她到底还是坚持下来,用结果让所有质疑她的人闭上了嘴。

有人问她,是否怨恨那些曾经阻碍、否定她梦想的人?

她说,当初的确恨得不行,一心想着等自己功成名就了,就要把最好最畅销的作品狠狠甩到他们脸上,骄傲地说一句:"当初是谁说我成不了漫画家?"痛痛快快地出一口恶气。可是，等到我真的成为漫画作者，拥有自己的粉丝，可以尽情画画的时候，心里却已经没有了怨恨，反而觉得应该感谢他们，因为如果当时没有他们的嘲讽和否定，我就不会不惜一切地努力坚持，更不会这么快实现梦想。

（二）

去美术馆看摄影展，遇到一个女孩。我们在一幅1900年的摄影作品前站定，都看得入神。

回过神来之后，我们相视一笑，聊起这幅作品的好，惊讶地发现我们的观点如此相似。

我问她："一个人？"

她回我："你也是？"

独自去看展览的人不多，尤其是女孩，我们一见如故，惺惺相惜，一起去美术馆楼下的咖啡厅小坐。

坐下来后，聊起各自对摄影的喜爱。

我告诉她，我之所以喜欢摄影，是因为前任男友是个摄影师。

而她告诉我，她是个刚入门的摄影师，之所以喜欢摄影，也是受前任男友的影响。不过她的前任男友不是摄影师，而是一个骨灰级的资深业余玩家。

所谓骨灰级玩家，通常是指那种花几十万买设备眼睛都不眨，出门必定是"长枪大炮"在手，镜头带好几个也不嫌重的人。

"这么说,你的前任是个有钱人?"

她点头道:"是个富二代,有钱但是人品不好。"

他宁愿花好几万买个镜头,也不愿意给当时过得很拮据的她补贴一下生活;他会把发高烧的她扔在一旁,和俱乐部的朋友高高兴兴开车去山里拍云海、拍日落;当她指责他和别的女孩过分亲近时,他一脸满不在乎,嫌她管东管西。

她哪里在乎他的钱呢,也并不指望他的宠爱,只不过是喜欢他有才华,喜欢看他全身心投入做一件事的认真和疯狂。但认真和疯狂并不能滋养爱情。

分手的时候,他们大吵一架。她说她累了,分手吧。他却恼羞成怒,说了很多难听的话。其中一句,她一直记到现在:没用的女人。

她那时的确没用,读一所三流大学,毕业了找不到好工作,薪水低,日子拮据,也没钱买化妆品和衣服打扮自己,他从不肯带她出去,是怕她丢他的脸。

分手没几天,她在街上遇见他。他挽着一个打扮入时、妆容精致的女孩走进西餐厅,压根不曾注意经过他们身边的她。

眼泪吧嗒吧嗒掉了一地,她赌咒发誓,一定要让他另眼相看。

幸好她长得还算漂亮,在动用了所有的人脉关系,拿出拼命的气势之后,终于找到一份摄影模特的工作,从服装模特到商业广告模特,再到登上杂志内页、户外大屏,从一开始的生涩到后来的娴熟，其中辛苦一言难尽。

终于在一次晚宴上遇见他。他的父亲是广告赞助商，她是那支广告的女主角。她穿着一套昂贵的香奈儿晚礼服，端着高脚杯，优雅地向他的父亲伸出手。他站在一旁目瞪口呆。

"痛快极了。"她说。

但从那以后，她忽然觉得无趣了。原本模特就不是她喜欢的工作，比起在人前光芒四射，她其实更喜欢幕后的工作。

于是她想到当摄影师。

"刚开始，我想着要成为专业摄影师，在他那个业余爱好者面前再扬眉吐气一回。"她笑道，"但现在，我是真的喜欢上了摄影，发现这个世界很大，想拍的东西也越来越多，没必要和他争那口气。"

我点头，称赞道："姑娘，好样的。"

（三）

某演艺公司高层，是业界知名的金牌策划人，她策划的好几个电视节目在国内都很火。很难想象十年前她是靠着叔叔的关系才得以进入这个行业的，而且几乎是一张白纸，什么也不懂，连明星都不认识几个。

刚开始，叔叔安排了一位经验丰富的前辈带着她四处跑，增长见识，积累经验。

她从小被父母宠着长大,人情世故一点都不通。前辈倒是愿意带她,但她自己懵懵懂懂的,前辈说什么就做什么,一点主动学习的观念都没有,更别提举一反三,提出自己的想法和创意了。

就这样,前辈带了她好几个月,她却没有什么进步。

某次,她参与策划一场地方节日晚会,邀请的压轴明星是正走红的一位年轻女歌手,当时前辈正负责另一个重要项目,抽不出时间顾及这边,她只好自己去见女歌手和经纪人,商量晚会出场的相关事项。

她找到女歌手的经纪人,详细说明了公司活动策划和相关安排,经纪人提出了一些意见,她仔细记下了,说要回去和前辈商量一下再给回复。正要离开,恰好女歌手推门进来找经纪人,她连忙打招呼,介绍自己。女歌手刚刚走红,心高气傲,看都不看她一眼,只顾着和经纪人说话。当听经纪人提到演出的具体安排还没确定时,女歌手明显不高兴了,说:"这么点要求都做不到?那还请我干吗?"

"并不是做不到,只是我做不了主,需要回去汇报给负责人……"没等她解释完,女歌手露出一脸嫌弃的表情,不满道:"居然让这种小角色来和我商量,真是浪费时间,下次别让我再看见你,直接叫你们负责人来,否则我拒绝出场!"

她被赶了出来,狼狈地站在经纪公司的大楼下,气得眼泪直往下掉。

从小到大，谁不宠着她、让着她，她何曾受过这种气？

不过是一个刚刚走红的歌手，有什么了不起？

她后来说，当时她在脑子里构思了一百种报复女歌手的方式，包括动用叔叔的关系，借用演艺圈人脉，甚至断绝后路的办法都想到了。

当然，最后她什么也没做。

此后，她像是变成另外一个人，工作能力突飞猛进。她像不要命一般努力工作，抓住一切机会锻炼自己，很快就脱离了前辈的指导，开始独当一面。等到她独立策划的网络节目被电视台买走，经黄金时段播出后一炮而红，已是八年之后。她成了金牌策划人，在业界声誉日盛，不少嘉宾在她的节目中走红，越来越多的小明星开始和她拉关系，希望拿到入场券，其中也包括当年那个看不起她的女歌手。

女歌手走红几年后，因为没有很受认可的新作品，只是靠着早年的几首经典歌曲勉力支撑，在娱乐圈里一直不温不火，此时当然希望借助这档节目挽回一点人气。

大家都以为她会拒绝，然后狠狠奚落女歌手一通，没想到她居然同意了，并且邀请了与女歌手同时走红的一批明星，以"逝去的青春·经典回忆"为主题做了一期节目。

节目大获成功，唤起无数人的怀旧情绪，赚足了唏嘘和眼泪，女歌手也借此机会重新活跃在公众的视野里，身价倍增。

周围的人表示不解："当年她那么对待你，你不报复也就算了,居然还帮她?"

她云淡风轻地笑着说:"这不是帮她,而是帮我自己,在演艺圈,互相倾轧不如互助共赢,捧红了她,对我也有好处。再说,当年我的业务能力的确糟糕,她那么对待我,也不算错。"

"没想到你这么大度。"旁人啧啧赞叹。

她摇摇头说:"其实不是大度,她只是站在今日的位置上,看的视野更远更广罢了。"几年前,她曾经念念不忘女歌手的羞辱,发誓将来有一天一定要成功,要让她来低声下气求自己给一个机会。但等她有了今日的成就,再回过头去看,当年的羞辱不过一件小事,已经不值一提了。

每个人的一生,或许都会遇见这样的人,他们不喜欢你,不认可你,嘲笑你,否定你,打击你,甚至想方设法阻碍你,仿佛是上天派来折磨你的恶魔,他们让你痛苦流泪,伤痕累累,让你开始怀疑自己的坚持,让你必须多花费千百倍的努力才能抵达目标。

于是你怨尤、痛恨,发誓总有一天要狠狠报复他们。

而当你在经历成长的辛酸之后,你终会意识到,上天派来的那些恶魔,其实也是你梦想路上的助力者,尽管他们所采用的方式太过粗暴,力量却是惊人的。

其实,最有力也最让人释怀的报复,不是针锋相对,以牙还牙,以血还血,而是让自己站到他们不可企及、只能仰望的位置，让他们的伤害在你越来越精彩纷呈的人生里变得不值一提。

你的强大，才是对那些伤害你的人、对生命里所有难堪际遇最有力的还击。

第四章　　从繁花不惊的时光里出逃

波澜壮阔的青春岁月里，
带着梦想，独自起程。
你问我要去向何方，我指着大海的方向。

你问我要去何方，
我指着大海的方向

以后可能无法再体验这样的生活，因此更要好好珍惜每一天。你问我要去何方，我指着大海的方向。

我第一次见到里昂的时候，两个人都很狼狈，当时我们都住在一间民宿里，我买二手车却被原车主骗了，还闹去了法院和警局，而来打工度假的里昂买的新车当天直接被撞得报废了。

但是他比我更迅速地找到了解决办法——他马上就买了第二辆，还是找拖车公司的人直接买的。

我当时心想，这人可真有钱。

里昂是福建人，长得高大，眉眼开阔，是个看起来就很靠谱的爷们儿。我没车回几百公里之外的家，就搭了他的车，一路上穿过羊群、海滩、雪山，从正午走到夕阳西下，八个小时的车程，我们成了朋友。

说来也好笑，2013年在《非诚勿扰》的宣传下，中国年轻人申请打工度假签证的难度骤增，十几万人去抢一千个名额，无数人卡在崩溃的网站里，一时间网络上哀鸿遍野。而里昂却是无心插柳，他本来要办旅行签证，得知有这个签证后，想想旅游之余还能打工，就早起去抢了一下，竟然顺利拿到了。他说起这事便一脸得意："我家网平时挺慢的，那天也不知道怎么就抢到了。"

里昂抵达新西兰的第一站，就是去年轻人扎堆打工的水果之乡克伦威尔摘樱桃。由于樱桃工时薪高（曾有朋友一天净赚两千元人民币），全世界来这儿打工的青年都喜欢去申请，里昂那天住在民宿，刚好一个申请到工作的人临时决定不去，他就顶上了。

这个幸运大王就这样迷迷糊糊地一路走过来。

后来再见到里昂，是他专程开车一个小时，送自己摘的一大堆樱桃给我。他从自己的普拉达大包里倒出小山高的暗红色樱桃，大大小小的果实结结实实地堆在厨房桌上，全部微微泛着光，像无数个小亮点。可他还有点不好意思："这回摘的有点小，下次给你摘另外一种，超大。"

他的手上全是被樱桃树枝刮出的细小血痕，也就两三周，整个人黑得像个农民。

我有点感动，因为对樱桃工而言，每天工资是按筐子数量算的，他用自己的时间给朋友摘樱桃（而且还得躲过监工偷偷塞进包里），就等于减少了他的工资，更重要的是如果筐子数量少，他还会被监工骂手脚慢。要知道，在果园里对亚洲人的歧视是很常见的。

可里昂不在乎，他隔段时间就摘一堆偷运出来送人，有次得知我们几个朋友路过克伦威尔，他用下班时间冲回果园摘了两大袋樱桃。车子经过时，远远看见他站在路边等着。看见我们，他特别开心地举起手里沉甸甸的两个袋子，大喊："这回我摘的特别大！"

由于为人仗义直率，他结交了许多朋友，经常三五成群地结伴去附近登山钓鱼。有一次出去玩，所有青年客栈都客满了，里昂大方地请所有朋友住了当地的四星级酒店。此时，他隐藏的另一面才逐渐曝光。

没人能猜到这个洒脱开朗的大男孩，竟然在加拿大有着自己的生意，而且做得很大，覆盖了半个国家。

里昂家境极好，几年前就以投资移民的身份去了加拿大。有次和四川朋友聊起春熙路，里昂对那一带了如指掌，一问才知道，他家在春熙路买了一套房，专供去四川旅游时住。而类似的房子在国内还有不少，全在最旺的地段，还有不少是别墅。

总而言之，这是个富二代，还算得上是高富帅。

里昂很有经济头脑，在加拿大坐移民监期间，他想，待着也挺无聊的，不如做点生意。于是他做起油画和茶叶进出口生意，还请了一个脾气古怪、业务精通的中央美术学院毕业的画家帮忙卖画，时不时画家神秘失踪去哪儿写生了，里昂也不生气，直接挂牌子关门停业一天。

在加拿大，几乎家家户户都爱挂油画，而里昂从深圳出口的油画画工佳，装裱精细，价格却比同类画廊便宜三成，短短一年时间，生意做得风生水起。

在移民监接近结束时，里昂决定出去旅游一趟，随后的每一个巧合引发了前文所述的种种错位，最终他成了一名果实采摘工。

里昂每天和其他三个人挤在不到二十平方米的宿舍里，深夜上洗手间，得哆哆嗦嗦披着衣服去几十米外的公共厕所，以至于睡前他几乎不敢喝水。每天从清晨六点到下午三点摘果，早晨起床稍晚一些就来不及吃东西，只能等到中午。有时烈日当头能把人晒晕，为此他花五块钱买了顶大草帽，脖子上绕了一圈毛巾，专门用来擦汗。

可是这一切在里昂的描述里，都是特别快乐的回忆："你知道吗？每天早上会有直升机飞过来把所有樱桃树上的露珠扇掉，不然樱桃会坏，好玩吧！"

如今樱桃季结束，里昂开车旅行到了另一个盛产苹果的地方，继续采摘工作。

"以后可能无法再体验这样的生活，因此更要好好珍惜每一天。你问我要去何方，我指着大海的方向。"里昂在他的微博中曾用这样一句话纪念那段当采摘工的日子。

和里昂的情况相似却又不尽相同的日本姑娘加藤是我的好朋友，她是个典型的日本人，礼貌到有些慎言慎行，吃饭前一定会说"我开动啦"，表示感谢时连连弯腰。

加藤已经30岁了，看起来却只有二十几岁，一米五几的身高，娃娃音夹杂着各种语气词，和男孩子说话还会脸红，总是捂着嘴腼腆地笑。

　　我认识她一年，她回了东京两次，参加两个妹妹的婚礼。

　　也许有些保守人士会觉得疑惑，两个妹妹都结婚了，姐姐怎么还单身？如果这些人知道她在做什么工作，恐怕更会跌破眼镜。

　　加藤在酒店做客房打扫。

　　没错，就是客人离开后，负责铺床扫地、清理马桶浴室的那种。

　　更令人想不到的是，加藤的家境与里昂相差无几，她父亲是日本一家知名电器公司的老总，有好几个工厂，每逢特殊日子，加藤还得穿上和服去参加活动。

　　加藤就像日剧里那种千金小姐，为了自由冲破束缚。

　　说起来是这样，可现实并不美好。

　　加藤家规极严，她在少女时期想打耳洞，妈妈给了她一张纸，要求把打耳洞的原因、后果一条条全写下来。家人都像那些永远不会脱轨的行星，哥哥们子承父业，在不同部门负责管理事务，妹妹们嫁人做主妇，只有她，像颗另类的星星，常常四处乱飞，好几次差点引起"星际爆炸"。

　　加藤学习非常努力，考取了东京大学，读的是父母希望的金融专业。可是，有一天她突然发现自己找不到学习金融课程的意义，于是瞒着父母肆业出去找工作，在一家公司实习，被父亲下属无意间发现，事情才曝了光。

全家震怒，将加藤关在家里，派一个佣人看着。我几乎可以想象到这个看似柔弱实则倔强的女孩当时经历的一切，她在家里不发一言，不肯妥协，独自坐在房间里，日复一日赌气，气父母的不理解，气那个告密的下属，气自己为什么不做得更巧妙隐蔽些。

终于有一天，父亲想通了，打开门，眼睛不看她，挥挥手让她走。

可是现在想想，那不是想通了，是放弃。

加藤默默收拾了行李，走出家门，扭头看看，门被关上，把她隔绝到另一个世界。

她得到了一直以来想要的自由，却不知道这玩意儿能把她带到哪儿，甚至不知道要这东西干吗。

加藤决定先出门闯闯，再想后路，于是她来到新西兰，先上了半年语言学校，然后一路溜达，来到皇后镇，在酒店找到一份客房打扫的工作。

奇怪的是，东京大学都没法让她安安稳稳地待着，打扫客房的工作却让她待了一年多。严谨和细致的加藤非常适合这份工作，她很快成为"self-check housekeeper"，意即她打扫过的房间不用领导检查，自己负责就好。但是这份工作并不轻松，每十分钟要清理完一个房间，包括更换所有床单枕套，地板上不能有一根头发，浴室镜子上不能留下一道水渍。每天上午八点到下午三点的工作时间，常常让她累得必须先睡三个小时才有精力起来做晚饭。

对于这些事情，她的父母没法理解，就连日本国内的朋友也没有办法理解她。

可是加藤很快乐，她算了笔账，每周赚的工资扣掉房租还剩三百美元，足够吃饭、旅游、喝酒、聚会，让她每天都开开心心的。她笑眯眯地说："我在日本就算每周赚一千美元也不会那么开心呀。"

是的，因为从小没有吃过贫穷的苦，所以快乐对加藤来说就够了。

加藤其实不是一个文艺青年或理想主义者，相反，她非常脚踏实地，自己主动选择的事情一定会做得近乎完美，各种问题思考得清清楚楚。但她非常有原则，而这个原则就是自己内心是否舒服。比如舍友手腕被割伤，当地小医院只能简单包扎，加藤果断推掉新男友的约会邀请，驱车三个小时带舍友去大医院处理。又比如被领导玩笑似的拍脑袋，她会当着大家面直接回击，毫不顾忌领导的面子。

加藤小心翼翼地保护着内心的敏感与真诚，做着其他人眼里的"怪人"。

加藤和里昂，都是我在闲暇时常常忍不住要仔细想一想的人。他们家境富裕，内心却并不因为生活顺遂而显得脆弱，反而异常坚强，出门吃苦似乎是一件让他们"很愉快"

的事情，他们总是想要尝试、想要突破，闯劲十足，甚至比普通家境的人更勇敢，更有一种洒脱。

那些暗淡的光芒来不及绽放

对绝大部分人来说，理智、冷静，都是值得赞颂的品质，它们为生活保驾护航。可对另一些人而言，这两样事物的出现，意味着内心的一部分疯狂枯萎了。

我曾在云南昆明待过一段时间。那是个非常波希米亚风格的老城，老昆明人散漫地在翠湖边拉二胡唱戏，刚放学的孩子们挤成一团买烤洋芋，从他们身边昂首走过的，是穿着艳丽民族风裙子的游客。与现在层出不穷的新奇旅行方式不同，当年去丽江艳遇就算足够小资，而如今，连"小资"这词儿都不流行，当年裹着披肩在四方街做忧郁状拍照的文艺青年，现在更喜欢赤脚走在泰国的大马路上。

七年前，昆明是无数文艺青年的过路歇脚站，我就是在那儿碰到蔓蔓的。

蔓蔓当时刚刚从丽江回来，她在那里待了两个月，整个人被高原的阳光晒得黝黑，每天打打零工赚钱交房租，偶尔批发点小东西临街叫卖。她对生活没有什么要求，稍微赚点钱就够了。

我们俩交换了联系方式,甚至连彼此的长相都记不太清,就像旅途里偶尔相遇的两朵云,轻轻碰触便悠然飘开。后来的五年里,我断断续续得知了她的一些消息:去青海的青年旅舍客串了几个月的掌柜;骑行西藏;在西双版纳咖啡馆里换宿……反正所有文艺青年会干的事,她都做过。

很多人不理解她为什么不去找份正经工作,反而成天"无所事事"让家人为她操心。但是对蔓蔓这种无欲无求无野心的人来说,生活随性所至就好,她不愿考虑那些复杂的东西,即使对那些收获颇丰的事情,也不愿浪费精力。

就是这一点,导致她后来的"出逃"失败。

其实蔓蔓比我早两年就开始考虑出国,但是考雅思、体检、财产证明等琐碎的事拖延了她的脚步,不是今天没时间学习英语,就是明天要去尼泊尔玩,拖拖拉拉许久也没有成行。在当时的她看来,出国不是一件紧迫的事情,随时随地只要她想,就能。

在我办完所有事踏上飞机的前几天,她还在QQ上和我聊:你等着,回头我去找你。

当我旅行完新西兰全境,在皇后镇找了房子住下来时,已经又过了半年。我再次联系上蔓蔓,感觉她的情绪明显不对。

语气里不再有昂扬潇洒,只有淡淡的敷衍:我现在没有钱,不出去了,想自己开个网店。

我问：那你以后还来吗？

她回了三个字：再看吧。

当年那个赤脚走在昆明金马坊大街上，骑摩托车飞奔在高速路上任头发飞舞，对什么事都满不在乎的蔓蔓，忽然不见了。她开始变得理智。

这真可怕。

对绝大部分人来说，理智、冷静，都是值得赞颂的品质，它们为你的生活保驾护航。可对一部分人而言，这两样事物的出现，意味着内心的一部分疯狂枯萎了。然而，根脉拔得不够彻底，于是那一些明明灭灭的微火日夜折磨你，你知道你想要什么，可再也没有力气去拿。

如果只是阅历与心智成熟让蔓蔓走到那一步，倒也不算可惜，偏偏她是迫不得已向现实妥协。蔓蔓的磨蹭，错过了来新西兰的最好时机：过去比较冷门小众的打工度假签证，从2013年开始广为人知，此后便"一证难求"。这一状况，还将长期持续下去。对蔓蔓而言，如果仅仅是办旅行签证去玩，那么开销太大，而且一次只能待一个月，完全没有深度体验的机会；想要出来读书也不实际，因为她连雅思成绩都没有。

也就是说，从2010年到2012年，中间这三年有无数机会，蔓蔓都错过了。

我就是从她身上深刻理解了那句话：有些事，你现在不做，将来永远也不会做了。

有时候，上路需要的只是那么一点时机，一点激情，一点不假思索。可是也许只犹豫多一秒钟，这些东西"砰"的一声瞬间消失，就再也不会回来。

在新西兰工作生活的年轻人，家境多是"还好"，这个"还好"上至可以拼爹的富二代，下至吃穿不愁但余钱不多的小康家庭子女。公平的是，无论是富家子弟还是小康儿女，来到这儿都是一样的，该吃的苦一点都不会少。新西兰实在也没有什么可供你奢侈消费的地方，于是在这里，拼的不是家境，而是内心的强大程度。

有一个印度同事，身家极丰厚，据闻其家族在印度有一万亩地，偶尔可以听到他不满地咕哝："我妹妹的房间都比这个鬼地方大。"

他说的鬼地方是他所工作的五星级酒店。

坊间传闻他之所以去那家五星级酒店工作，是被他父亲逼的。他的爸爸非常开明，当年也曾出国游历几年，如今看儿子太过稚嫩，便也扔出来希望磨砺他的性格。在"你不出去打拼一下，我一分钱也不会给你"的威胁下，这个男孩不情不愿地来到这家酒店，开始做打扫房间的服务员，每天低头弯腰清理马桶，捂着鼻子把无数垃圾归拢到一起扔掉。

因为总是做事不勤快，他被搭档告了好几次状，客房服务部经理为此多次训斥他，于是他日益消沉。最后一次挨骂时现场之火爆程度，惊动了全酒店。

据说，当时有几个客人让印度男孩更换浴室毛巾，但是等了一个上午,连他的人影都没见到,客人恼怒地向经理投诉。当着经理的面,他竟然还嘴说:"你们自己弄得那么脏,还好意思怪我?!"

印度男孩彻底捅了娄子,这家酒店一向奉顾客为上帝,经理又早就对他不满,于是把他叫到办公室一顿批评,给予警告处分。不过,这男孩并没有像经理期待的那样露出惭愧的神色,而是直接把打扫客房的手套扔到桌上,仰起头大声说:"我才不稀罕在你这儿干活,我告诉你,我家可以把整间酒店买下来!"

当时正值午饭时间,所有客房服务员听得一清二楚,男孩的印度腔英语久久回荡在办公区内,引得不少人偷笑。

在年轻人堆里,这事成了茶余饭后的笑话。没人在乎你有没有钱,只看你有没有凭自己的能力去获得金钱。

相比印度男孩,小夏的国外打工经历大概好一点。

小夏是典型的中国普通青年,独生子女,家境小康,父母传统。她从小到大成绩中等,顺利上了大学,平时喜欢看美剧,但也不排斥文艺闷片,淘宝是购物常驻基地,偶尔转发一些"星座心语"之类的鸡汤微博。

正常而言,小夏的人生轨迹会像大多数普通人一样:找一份稳妥的工作、一个可靠的男人,每年年假时旅游几天,生活平淡熨帖。但她不愿意,她说自己"有一颗流浪的心",于是刚毕业就出了国。

在出国前，小夏幻想的生活是无数的聚会，金发碧眼的外国帅哥端着酒杯过来搭讪；自己找一份工作，每天上班前踩着高跟鞋喝着咖啡冲进办公大楼；周末去学学钢琴，小提琴也不错，然后在家做点烘焙，烤点饼干，和闺密们聊聊八卦。

现实在飞机落地时就击败了她，小夏拖着三箱行李艰难前行，里面装满了她的护肤品和裙子。从机场出来后，她不知道怎么换乘机场大巴，只好去等公交车。一个多小时的等待煎熬后，她终于醒悟：新西兰公共交通极不发达，没有车寸步难行。她最终花了一百新西兰元（约为四百元人民币）搭的士抵达预订好的青旅。

在南半球阳光下暴晒一小时后，小夏对国外美好生活的憧憬像冰激凌一样，迅速地融化了。

青旅的生活没过几天，小夏的生活费便捉襟见肘。她开始着急找工作，短短三周内，她换了三份工作：在华人餐厅端盘子，每天要工作到晚上十一点，太累了，而且老板总克扣时薪，撤；在外国人开的午餐店做前台点单员，第一天就刷错了客人的卡，老板脸色太难看，撤；在礼品店里做销售员，总要面对挑剔的客人，选个护手霜都要陪着介绍四十分钟，烦人，撤。

小夏每一次离职都情有可原，她发现自己不适合都市里的求职生活，于是转奔南岛，奔向茫茫草原的怀抱。

南岛的畜牧业和种植业比较发达，年轻人热衷于来这里寻找到农场工作的机会。小夏顺利地在苹果园找到一份工作，但是第一天，几十斤重的筐子就把她的手臂弄出血痕，小木刺扎在肉里痛痒难忍。第二天，紫外线极强的太阳晒得她脱皮，她的脸上背上全是红疙瘩，擦了两天的药还不见好。不得已之下，她转道去了基督城，到曲奇饼厂做包装女工。

这份工作还不错，就是站在流水线边，检查一下有没有空袋子或是包装错误。可是一个月后，小夏还是辞职了。因为大降温来得太猛，住的地方连暖气都没有，晚上彻夜难眠，早上六点开工，疲惫加感冒发烧彻底击垮了她。

小夏在新西兰只待了三个月，在六月冬天来临前，她匆匆逃回中国的夏季。在新西兰，她没有被金发的碧眼帅哥搭讪，那些男孩只懂喝酒，以及约喜欢晒太阳的姑娘跳舞；她没有找到一份能让她踩高跟鞋上班的工作，本地人就业都有点难，更别提一个英语刚过四级，连工作经验也没有的外国人；她也没有做过一次烘焙，三个月来，她不断奔波着寻找下一份工作，居无定所。

就这样，小夏离开了日夜煎熬的出逃生活，回到温暖的家，那里有随时随地能买到衣服的淘宝，有合口味的菜，有坐在办公室轻松消磨的日子。后来再有人向她询问出国的事情，她都会特别坚决地说：特别辛苦，就是去受虐，一点意义都没有！

波澜壮阔的青春
是岁月闪耀的内存

不要问自己前面有什么,不要问自己会得到什么,先问问自己愿不愿意去试,敢不敢跳进生活这片不甚清澈的深潭。

我们离开家乡,从一段感情中生生剥离,去跋涉,去挑战,去尝试,去重新开始。这一切并没有人逼着你非经历不可。没有人逼你到北上广去住十平方米不到的出租屋,没有人逼你熬夜工作,没有人逼你去和难打交道的客户沟通,没有人逼你一天工作十六七个小时,也没有人逼着你离开熟悉的故乡,离开父母身边,离开安逸的生活。

其实谁不想在家乡,陪着父母老去;谁不想在熟悉的故乡,和认识了十几年的老朋友时常聚聚;谁不想待在老家,有一所属于自己的房子,未必面朝大海,但总能容下一个弥漫饭香的三口之家?

但我们依然把故乡和过去一起背在肩上,带着梦想独自起程。

因为我们不想在20岁的时候就过上80岁的生活,因为我们相信梦想在更广阔的天地会绽放得更加绚烂,无论生活多么不公、多么残酷，努力奋斗依然是告别狭隘和偏见的唯一途径，每一种艰难的工作都有可能通向梦想的天堂。

所以，我们自愿选择崎岖的道路。

闺密的男朋友刘君是一个创业者。大学的时候他参加全市的科技创新大赛，拿了一等奖，是别人眼中的天才，再加上相貌不错，一时风光无限。毕业后，这个天之骄子原本有机会进全国最好的互联网公司，拿着令人艳羡的薪酬走上一条康庄大道，可是他拒绝了这个极好的机会，背着自己的产品到深圳，在深圳华强北闷热的大楼里当推销员。一连跑了一个多月也没有人看好他的产品；好不容易有人看中却被对手背后下手抢了单；好不容易没有被人抢单，却因为产品的服务出了问题，客户指着他的鼻子骂他是骗子。天之骄子一下子落入了凡尘，尊严碎了一地。

有一次跟闺密和刘君小聚，聊天说起那段日子，他的语气却平淡得就好像在说别人的事，他说自己打心眼里还是觉得自己是个做开发做产品的人，不想把自己的东西让给其他人，所以才拒绝互联网公司提供的工作，可是自己万万没有想到，现实会让自己既当销售又当售后，这真不是自己想干的活。幸好最终，他还是成了自己想成为的人。现在他不仅自己做项目，也投资项目，那些经验和眼光都源于艰难时期的积累。

面对工作，有时候我们很难说喜欢与不喜欢，就像我们很难说离开家乡漂泊在外的感觉是喜是悲，但我们总是在这样的生活中一天天清醒，终有一天豁然开朗。所以，我们一直对自己说，没事，无论这生活的深潭里埋着什么，潜得久了就知道有没有自己想要的东西，摸索得多了就知道这生活是不是我们心之所向，哪怕抓到满手淤泥，也是下一次前进的线索。又或许，我们所有的热血都在现实的汪洋里冷却，如一场热闹的宴席终于走向尾声。可是那又如何呢？哪怕我们所有的尝试终将败北，那曾经波澜壮阔的青春也可以在我们老去的时候变成故事。

不要问自己前面有什么，不要问自己会得到什么，先问问自己愿不愿意去试，敢不敢跳进生活这片不甚清澈的深潭。

我的大学室友中有一个来自东北的姑娘，我还记得她一开口时那股浓重东北味儿。她的名言是必须趁年轻的时候多看看世界，多体验人生。因此毕业时，她没有像我们一样忙着考研和找工作，而是带着两万元潇洒地周游世界去了。我不知道她的具体行程，只能从她发在社交网络上的照片和状态了解她到过哪里。

她曾去过丹麦，那里极少有人说英语，这意味着她在那里连语言都要从头学起，而她在那里待了一个月，社交网络的状态里不时说起她当天遇到的奇怪单词和因为语言出错而出的糗，尴尬又开心。她还说丹麦人用长得像塔一样的小锅煮吃的，真是难吃，十分想念北京的涮羊肉。

她在阿拉斯加见过此生所见最大的三文鱼，在瀑布见过它们跳跃着不顾一切洄游产卵。她说见过这些后，觉得自己受的苦都值得。我知道她说的"苦"是什么。与她恋爱三年的男朋友没有耐心等她回去，和一个女同事结婚了，在结婚当天才用微信告诉她不再等了。我不知道她是不是哭了，那天她传的照片只有三文鱼。

在她游历国外的那些日子里，我们总是聊到她，说她真是天真、冲动，不考虑现实。也有人说，她的家境也许能让她有冲动和不现实的资本。我不知道她的父母做什么工作，但我知道她出国的两万元来自大学四年的省吃俭用和兼职打工，我知道她是宿舍里唯一一个不用手机而用公共电话往家里打电话的人。就算她家境殷实又如何？她不也是一个人走到了我们没有走到的地方，迈出了我们没敢迈出的脚步吗？当她一个人身在异乡被爱了三年的男人放弃的时候，不也是一个人撑了过来，甘苦都自己品尝吗？所以，就算全天下人都不理解你的决定也没有关系，你经历了一切，就总有一天会用和别人不一样的状态去面对一样的生活。

生活如此尽兴，我又满血复活

当你看过世界以后，你的能量将会被无限放大，吃过苦，摔过跤，体会过无人可以依靠的生活后，你就会看到自己的成长。

小林来自重庆，性格爽朗，各种笑话信手拈来，反应极快，聚会时她能将朋友们直接呛得哑口无言。她很少提起自己的过去，如果有人问起，她就会说一句：你猜！

没有人能猜到，于是打个哈哈就过去了。

有一天，我正给以前的采访资料归类，材料以时政类为主，电脑上满屏的"×××大会精神总结""第×届活动流程"。小林凑在一边看，冒出一句："我以前经常写这种材料，无聊透顶！"

我很好奇，小林实在不像是能写这种八股文材料的性格——要是她坐办公室，一定是那种突然爆笑以致吓死隔壁大姐，平时和领导说话直接上手拍肩的人。

可事实是，小林不仅曾经是个公务员，还是部门里的小骨干，平时接待外宾、翻译外事材料对她来说十分平常。

小林考试运颇佳，高考考进重点院校的外语系，毕业后顺利考上公务员。任公务员期间，她大部分时间都在写材料，隔三岔五总结一下最新精神。

这样的生活持续了一段时间，尽管忙碌，小林却觉得整个人都空了。

小林觉得无聊，办公室的白色办公桌无聊，领导发言无聊，无聊每天吞噬着她的骨头。小林在工作第三年开始写日记，有时不知道写什么，整张纸用笔深深地割出四个字：浪费生命。

那时候，她每天下班和同事一起坐班车，其他人凑在一起讨论家庭孩子办公室八卦,小林一个人坐在窗边玩手机。刷网页时,无意间看到一篇关于国外打工的攻略。

她久久望着结尾那句话:现在就上路吧。

小林辞职没有费多大事,虽然父母犹豫,但是小林的坚持最终让他们放了手。

出国以后,小林被公务员生活压抑许久的热情全都爆发出来,她尝试所有疯狂的事情:一路搭陌生人的便车,去跳几十米高的瀑布,没钱了直接敲门请求好心人收留她一晚……

生活一下子变得尽兴,每天都迸发出刺激的火花。她一路找不同的工作,在餐馆蹲着洗盘子,去果园背三十几斤重的筐子摘苹果,去给西班牙人做英语导游,甚至还在蹦极的地方帮游客拍落下去瞬间的惊恐照。

在以前出去游玩拍的照片里,小林总是站得直直的,抿嘴矜持地微笑着,在现在的照片里则常常是凌空跳跃和咧嘴大笑。最初几个月,每次联系都会反复追问"辞职后悔吗"的严肃父亲,后来也渐渐开起她的玩笑:"看你脏的,和猴子一样,还嫁得出去不?"

准备回国的前一天,小林在微博上写下这样一段话:如果没有经历过,不知道自己原来有这么大的能量,现在的我真棒!

下面有个网友的留言,言辞间有些质疑:那你还不是得回国?现在还能找到像以前那么好的工作吗?

小林并没有回复他，因为类似的话早已听过无数遍。

在路上，我们渐渐明白一个道理，当你看过世界以后，你的能量将会被无限放大，吃过苦，摔过跤，体会过无人可以依靠的生活后，你就会看到自己的成长。

幸运是满满的实力

对她来说，青春如同一场战争，无论悲壮或惨烈，她都要勇敢参战。不在别人身上寄托梦想，不在乎身旁的耳语，只是告诉自己要努力，才能打赢这场"仗"。

幸运有时是一种实力，世上没有永远的幸运儿。

我属于天生运气较好的一类人，家境好，长得好，学习好，工作好。

有些幸运是命中注定，而有些不是，比如我的工作，能够在30岁时做到这个职位，说起来还得感谢一个人，是她给我上了一课，让我明白了一个道理：没有永远的幸运儿，好运气其实也是一种实力。

2010年8月的一天，我坐在洒满阳光的玻璃窗前，故作平静地品着咖啡，内心却早已澎湃成河。再过几分钟，新主管的人事令就下来了，我志在必得。

然而，人事令上赫然写着另一个人的名字：王丽萍。

王丽萍怎能与我相比？大专学历，农村背景，身材肥硕，说一口土得没边的山西普通话。而且，她在公司是打杂出身的。

记得当初与我一块儿参加面试时，经理仅用余光扫了她三秒就下逐客令了："王小姐，对不起，你可能不适合这个职位，谢谢你来参加面试。"

公司采取的是围桌式面试，六名面试者围桌而坐，分别回答面试官的问题。王丽萍就坐在我的左手边，我几乎能感觉到她紧张的心跳和因紧张而上升的体温。

听了经理的话，王丽萍没有立刻出去，她站起来，直视经理说："我喜欢这份工作，能不能让我留下来？我可以不计薪酬，而且免费加班。"

廉价劳动力啊，我在心里摇头，不自重身价只会没身价。我同情地瞥了王丽萍一眼，没想到却被她逮住了这一瞥，而且她还回了我一个真诚的微笑。

那次，公司招了两个人：我和王丽萍。第一个月，我的工资单上写着六千，而王丽萍的是两千。

起点决定终点，从那时候开始，我对王丽萍就抱着轻视的态度。

我的办公环境不错，座位靠窗，可以俯视写字楼下的繁华街道。王丽萍的座位是加进来的，在公司角落里支了一张桌子，就成了她的工位。

可能是同为新人的缘故，王丽萍特别喜欢跟着我，鞍前马后，非常殷勤。开始我只是让她帮我做些复印、打印、收发文件之类的小事，后来熟了，一些复杂的活儿也交给她干。她从不拒绝，有时我吩咐她同时做几件事，她怕忘了，用小本子认真记好，记完还要跟我确认一次。而且，无论我怎么挑她的错，她从没怨言。有一次，我口授思路，让她形成文案，她怎么也弄不明白主旨，被我训得七荤八素。末了，她还小心翼翼地道歉："对不起，我太笨。"

跟王丽萍在一起，我很有优越感——名校毕业，城市小姐，时尚大方，擅长交际，哪样不比她强？我在公司里如鱼得水，工作得顺心顺意。

我聪明，会偷懒，拿王丽萍当助理使，但这样做也有让我哑巴吃黄连的时候。

那年圣诞节，公司要举办晚宴，由我负责布置现场。这种累活我一向能躲则躲，接到通知后，我把王丽萍叫过来一番耳提面命，看着王丽萍得了圣旨般出去忙活，我气定神闲地坐在电脑前看起了贺岁片。

现场布置得富丽堂皇，处处彰显出大公司的体面和大气。王丽萍不知从哪弄了棵巨大的圣诞树，上面用彩灯打了一个醒目的公司标志。晚宴上，这个创意引起了老板的注意，他提出想见见这个创意的设计者。

布置现场是我的工作，本来应该由我去，但是经理点了王丽萍。我无话可说，谁叫我布置现场的时候在偷看电影？所有参与布置的人都知道，是王丽萍自始至终在忙活。

那个圣诞是我最痛苦的记忆之一，很快，年终评选会上，我再次被王丽萍震惊。

评选优秀员工，王丽萍全票通过。王丽萍平时谦卑谨慎，又勤快能干，人人都享受过她的免费劳力，而且，她在公司没名没分，投她一票没有任何威胁，卖个人情何乐而不为？而这样没有争议地拿到优秀员工奖，在公司还是第一回。董事长对此很好奇，他想看看王丽萍究竟是何方神圣。

董事长找王丽萍面谈了足足两个小时，那两个小时里，我如坐针毡。

过完春节，王丽萍就与我平起平坐了，但她在我面前，依旧谦卑低调，任由我使唤。我对待她的态度虽然有所改观，但心里终究还是有些瞧不起她，不就是一打杂出身吗？

一年以后，因为我和王丽萍的主管升职，部门经理职位空缺，公司肯定得提拔人补这个空缺，看了看身边的王丽萍，我笑了。

然而，人事令上分明写着"王丽萍"三个字。

任何人都可以，唯独王丽萍不行，我冲进经理办公室，与他理论。

"凭什么？我哪里不如王丽萍？"

经理什么都没说，默默递过来两张考勤表，一张我的，一张王丽萍的。我的那张有多处空白，王丽萍那张则画得满满的，她几乎每周都加班，而我，不是迟到就是早退，请假也特别多。

经理又拿出两个本子，分别记录着我跟王丽萍的工作业绩，我的依旧空白，她的照样写得满满的。

经理再递过来一摞方案,是王丽萍加班时写的关于公司建设方面的意见,我翻了几页,立刻蔫了,不少观点都是我平时跟她卖弄时随口说的,她如此有心,又如此勤快,不仅记了下来,还理得清清楚楚,做成了精美的方案。

经理再递过来的本子,我不敢接了。

Every dog has a day. 这是一句英语谚语说,意思是,每个人都会有走运的一天。人事令下发的那一天,就是王丽萍的好日子。对她来说,青春如同一场战争,无论悲壮或惨烈,她都要勇敢参战。不在别人身上寄托梦想,不在乎身旁的耳语,只是告诉自己要努力,才能打赢这场"仗"。

人生仿佛一场局,迷茫时在局内,参悟时已在局外。

当我意识到自己和王丽萍之间的差距时,我才明白,我应该努力去争取属于自己的"那一天"。

我用最快的速度递交了辞职信,临走前,王丽萍过来送我,眼圈有点红,说:"对不起,我不是故意的,我只想向你学习。"

我一摆手:"不用道歉,你没有错。"

我换了新工作,在新公司里,我勤勤恳恳地工作,成绩斐然,升职也快。每次升职,我的心里都有一股酸甜的感觉,自然而然地想起王丽萍。

有一天,我经过原来的公司,和王丽萍不期而遇。她瘦了,穿着高档套装,脸上是精致的妆容,一副资深白领的派头。

迎着灿烂的阳光,我俩相视而笑。

第五章　你当竭尽全力，老天自有安排

或许败北，或许迷失自己，
或许哪里也抵达不了，
但为了那些值得等待值得寻求的东西，
你仍要竭尽全力去活。

那些年,你曾与孤独为伴

每一个人生的当口,都会有一个孤独的时刻,四顾无人,只有自己。这时你会看明白自己的脆弱、欲望、界限,还有自己真正的梦想。

我的一位客户是个喜欢穿红色衣服的短发女人,她做事干净利落,说话语速极快,笑起来发自心底,很讨人喜欢。

有一次,我们约在一家大厦顶层的咖啡厅谈项目,一杯咖啡喝完,公事告一段落。她叫服务员续了杯,我们一起放松下来,望着落地窗外的城市全景,有一搭没一搭地闲聊。我很好奇她的创业经历。她笑了笑,和我聊起她在14岁时孤身去美国留学的事。

那是她人生中最孤独的时期。

在那所英才遍地的私立高中,14岁的她遭遇了前所未有的文化冲击,不知道怎么融入环境,害怕被嘲笑,上课不敢发言,不敢参加活动,回到寄宿家庭也不敢和房东搭话,没有一个可以交流的朋友。

她知道再这样下去不行,却不知道怎么去改变这种状况。

事情的转机出乎意料。有一天,她去附近的大型超市买日用品,一路上低着头走路,不小心撞上一辆儿童车。小孩受了惊吓,哇哇大哭,她连声道歉,孩子的父母却不依不饶。很快有人过来围观,周围的人见孩子哭个不停,孩子父母又怒气冲冲,以为是她伤害了孩子,也纷纷指责她。

她又窘迫又难过,情急之下居然蹦出一口流利英文,把事情的细节解释了一遍,驳斥了孩子父母对她的误解,又再次诚心地向孩子道了歉,然后在众人的注视下昂首挺胸走了。

经过这一次,她像被逼入绝境而逢生,从此不再害怕开口。

一旦勇于开口,她的开朗天性很快得到了释放,到高三时,她已经是班里最受欢迎的女生。此后高中毕业,顺利考入常春藤名校就读,一路读到硕士,拿到学位之后,回到阔别十年的北京,已经习惯西方文化的她无法融入国内的环境,工作频频遇挫。

孤独卷土重来。

那种身在自己国家却不被接纳的感觉,相当难受。她换了好几份工作,在某天和一位媒体总监正面冲突之后,结束了最后一份为别人打工的工作。

"在美国,我曾经是一个局外人,没想到回到中国,又成了局外人。"

我忍不住插嘴:"我倒觉得很不错,和外国人打交道时,你是中国通,和中国人打交道时,你又是外国通,这不是很大的优势吗?"

她睁大眼睛看我半天,忽然笑了,说:"你和我当时的男友说了相同的话。"

她说,男友的这句话简直让她醍醐灌顶。一直以来总想着自己的劣势,完全没想到,转换思维模式,劣势就可以变成优势。她之所以自己开公司,也是为了更大程度地利用自己拥有中西方两种文化背景的优势。对这个在中国长大,又在西方留学十多年的女人来说,整合、协调两方面的资源是信手拈来的事。如今,她在中国人和外国人两个圈子之间游刃有余。

后来她说,她曾经想,自己究竟是为了什么在14岁的年纪就孤身远赴异国?

她去往远方,不是为了与孤独为伴,把自己逼入困境,好让日后的自己心疼或感动,而是为了冲破孤独,打开自己,走出一个人的世界,去看更广阔的天地。

当每一个孤独的时刻袭来时,你可以诅咒它,也可以束手就擒,但当你有幸走出来,在更大的舞台上闪耀光芒,你会发现那些与孤独相伴的时光都是命运对你的馈赠。

跋涉过人生最孤独的时刻,你才会蜕变。

我认识一位女心理咨询师,不过30岁左右,自己做咨询网站和APP，事业做得风生水起，她的工作室里聚集了一大批同行。

她留着梨花头，皮肤白皙，笑容甜美，说话时声音软软的，仿佛一个邻家小妹，不像心理咨询师，更不像一个事业成功的"女强人"。但有一次听她在人前聊起过去，我们才知道，原来她的内心如此强大。

那是她的一本心理随笔的新书发布会。台下的读者举手提问，当你还是个小女孩的时候，为什么会选择走进心理学这个领域？熟悉她的人都知道，她报考大学时，按照父母的意思填了计算机系。大一没读完，她就退学重考，转学了心理学。

她说："我18岁离开家，第一次试着一个人生活。除了那些通常都会遇到的实际问题之外，我最大的体验是孤独。"

不仅仅是一个人生活的孤独，最大的孤独是和自己想要的一切渐行渐远，却没有人能够理解，包括这个世界上最爱她的父母。

她花了半年时间，终于明白自己并不适合在那些天书般的计算机语言里过活，想到漫长的四年，乃至漫长的一生，都将和一件她并不热爱的事物打交道，她有些不甘。

父母却说："你那么聪明，肯定没问题。"

她的确聪明，学习成绩相当不错，就这么学下去，想必她也能够成为这个行业的优秀人才。但这不是她想要的。

"那你想要什么呢?"父母问。

"不知道。"她答。

那时她只知道,不能再这样下去。

没有给自己留退路,就这样退了学。

重考的日子不算辛苦,她向来成绩优异,完全有信心考上一所更好的大学,但那段日子几乎是她人生最痛苦的时期。每天下晚自习,她都会一个人去操场散步,仰头问自己到底在做什么,而前路又在哪里。

她没有问出答案。

但和自己相处的漫长时光,终于让她在万千孤独中看清了自己,真实的自己。

后来,她考上国内最好的大学读心理学。没有特殊、非此不可的理由,她只是发现自己对人类心灵的兴趣,远远大过对这个世界的兴趣。

当曾经的计算机系同学都已经开始拿薪水,在职场上独当一面时,她还在学校里过着紧巴巴的生活,连实习都没有着落;当同龄人开始升职加薪时,她却还在做实习咨询师,拿最低的薪水补贴,做着超负荷的工作。

很多年,她的人生,一直徘徊在没有光的地方,眼看着别人都奔着光亮而去,却不知自己的光亮究竟在何方。

"人生徘徊在没有光的地方,当然很孤独,但孤独是什么呢?"在发布会上,她说,"站在现在回望过去,我知道面对任何困难,只要咬咬牙坚持下去就能克服,就会看到希望,但是在当时,我并不知道希望真的存在。这才是孤独。就像在荒野上,四周一望无际,只有我一个人。必须在没有希望指引的那些时刻,逼自己怀抱希望,咬牙前行。"

这很像宫崎骏说的:"每一个人生的当口,都会有一个孤独的时刻,四顾无人,只有自己。于是不得不看明白自己的脆弱,自己的欲望,自己的念想,自己的界限。还有,自己真正的梦想。"

孤独,让你看到自己的界限,却也让你更明确自己的梦想。

在人生这条路上,我们只能不停地往前走,不断地在得到的喜悦里领会失去的痛楚,然后对过去所有在暗夜里独行的孤独时光释怀,并且感恩。

决不接受从未努力过的自己

人的一生,有多少事,真的不愿求结果,只求尽情尽兴。

护肤品新品研讨会上,市场部和开发部的人各自提案,讨论整个系列的定调、名称和相应的卖点。

在一家几乎全是女性的护肤品公司,他身为市场部的新人，第一次提案。幸好这次开发的是男性护肤品，所以他提出了自己觉得很新颖的风格，自认为一定会让男性用户心动。

本是自信之作，谁知市场部经理完全没理会他的提案，直接否决，采用了另一个简洁风格的案子。

这样的决策的确很稳妥，但和以前的护肤品包装有什么区别？

他愤愤不平，觉得经理没有远见，让自己难得的才华被埋没。如果只是延续之前的风格，为什么还要开发新品？

那几天，他每天上班迟到，工作也提不起精神，终于被经理叫到办公室。

"我知道你是因为自己的提案没有被采用，在赌气。但你想一想，我为什么没有采用你的提案？为什么没有被你说服？"

他有些吃惊，但细细一想，他的提案确实还不够完善。他回去找了相熟的设计师朋友帮他设计了整个包装，又找了一家工厂，做出小支样品，呈交给经理。看起来效果相当好的包装瓶，受到了经理的赞赏，但他的想法再一次遭到否决。

"成本控制呢？这么复杂的包装，成本怎么下得来？"

经理冷冷的一句话，把兴奋的他"打回原形"。

他不服气，在办公室熬了一周，翻阅了无数资料，和许多家工厂联系，在保证质量和数量的前提下，终于找到了将成本控制在预算范围内的办法。

经理终于接受了他的提案。

新品发布有条不紊地进行，请了代言人拍广告，联系商场铺订货渠道，策划活动。经理把确定赠品的事交给了他，那段时间，他沉浸在提案被采纳的喜悦之中，完全没将区区赠品的事放在心上，到了该提交方案的那天，被经理问起，才想起来。

经理很生气："这可是你自己的提案，你怎么这么不上心！"

他虽然觉得惭愧，却也觉得经理小题大做。

"你一定觉得我小题大做吧？"

他吓了一跳，没想到经理一下说中了他的心思。

经理叹了口气："我承认之前我太过保守，不敢冒险，你提出的方案的确很新颖，而且又有成本控制的方法，所以我觉得冒一次险或许也可以。但这真的是一次全新的尝试，虽然市场调查效果还不错，但实际投放市场是另一回事，我希望把每个环节做到完美，尽量减少风险，你明白吗？不要小看一个赠品，做得好的话，很可能大大推动销量。"

他沉默下来。

"你只是公司的一位普通职员，对你来说，假如这次新品发布失败，你可能觉得这是个人的失败，然而我是负责这个项目的人，必须对公司负责，对整个市场部的人负责，其至对我们所有的渠道商负责，你可以指责我过于谨慎保守，却不能不理解我为了降低风险而做的任何努力。"

他站在那里,惭愧不已。他承认自己从来没有想过这些,觉得经理只是考虑自己的利益,没想到身为领导层,必须担负如此重大的责任,他总是觉得自己已经把工作做得很好,如果结果不好,那也没办法,却从没有为了让结果变得更好而去努力。之前熬夜的那一周时间,也纯粹只是为了争一口气。

他想起大学时参加篮球比赛,还没进决赛,他们的队伍就输了,却没有留下遗憾,因为真的拼命努力过了,他尽了自己的全力,打得酣畅淋漓。赛后,他几乎虚脱地倒在地板上,但是体育馆里的灯光照在身上,显得格外美好。

宫崎骏说:"可以接受失败,但决不接受从未努力过的自己。"

最痛苦的事不是失败,而是在本该尽全力的时候,没有用尽全力。那种懊悔、不甘心,想把自己狠狠抽打一顿的糟糕感觉,堪比地狱。

此后,他痛下苦功,做出来的赠品方案大获成功,不少用户为了得到精美的赠品而买下产品。最后,限量版的赠品掀起不小的话题,网上甚至有很多人表示,正是为了得到传说中的赠品才购买了产品。

他拿到了奖金,在公司的庆功宴上被点名上台讲话。但所有的荣耀,都比不上那种尽力之后发自心底的酣畅淋漓。

《中国最强音》里有一位参赛选手,原来的职业是中学老师,他说自己实在太热爱音乐,太想当歌手,所以下定决心辞了工作,专心走音乐这条道路。

从稳定的讲台,到不稳定的舞台,这一步迈得很大,却并不迟。

任何时候开始梦想的旅程,都不算晚。

也许有人说,他会失败吧。想当歌手的人太多了,怀抱着廉价音乐梦想的人也太多,随便一个爱唱歌、会唱歌的人,都泪流满面说自己的梦想不死。

听一个有梦想的人唱歌,你会发现,那歌声里有他全部的人生,有他经历过的悲喜起伏。那是独一无二的歌声。他的确可能失败,不能成名,但谁说音乐梦想成功的标准就是出名?

这位歌手让我想起中学时代的一位英语老师。她曾说自己是听从父母的想法才念了师范学校,成为一名老师,但她的梦想其实是去国外当同声翻译。我记得很清楚,她是个白皙美丽的年轻女孩,夏天穿着白裙子,戴着大大的遮阳帽经过我们身边时,就像仙女一样蹁跹多姿。我曾经想象过她站在地中海海滩上,漫步塞纳河畔,在伦敦广场喂鸽子的情景,那一定比现在更美。

可是后来,她听父母的话,相亲,结婚,生子,逐渐从一个清新脱俗的女孩,变成一个身材走形、再也不精心打理自己的女人。我想,她大概会在讲台上站一辈子,到老时,儿孙满堂,或许会去地中海和塞纳河边走一走,然后遥遥记起当初的梦想,无声叹息。

王家卫在《一代宗师》里说:"人生若无悔,该有多无趣。"

但若是放着悔恨在身体里、心里生根发芽,不曾为了最想要的生活纵身一跃,人生大概会更无趣。

并不是说当歌手和翻译才是正确的人生选择,而是,你有没有拿出一点点努力,去接近你想要的。

人的一生,有多少事,真的不愿求结果,只求尽情尽兴。

爱情,事业,梦想,无非都是求一个自以为是的圆满,给自己一个交代。

不计代价地努力一回,不计后果地燃烧一回,哪怕一败涂地,也比该做的事没有做好一百倍。

所以,很喜欢村上春树的这段话:"我或许败北,或许迷失自己,或许哪里也抵达不了,或许我已失去一切,任凭怎么挣扎也只能徒呼奈何,或许我只是徒然掬一把废墟灰烬,唯我一人蒙在鼓里,或许这里没有任何人把赌注下在我身上。无所谓。有一点是明确的:至少我有值得等待值得寻求的东西。"

无所谓的心境,绝不可能在你什么都没做的时候达到。

只有榨干身上最后一滴汗,用尽最后一丝力量,你才能对任何结局潇洒说一句:无所谓。

年龄只是一个数字

可不可以让人生不要那么安稳,不要在30岁的时候就能一眼看到尽头?

上周末,有朋友邀我吃饭,说要和我聊一聊人生。

二十几岁的人,聊个天都要上升到"人生"的层次,生怕不说得这样郑重,我就不愿意和她聊天。其实,她要说只是聊一聊美食,或者扯一扯八卦,我也是极愿意的。

她带我去了一家很僻静的泰国餐厅,小房间,舒适的沙发座,自酿的米酒,看来是打算长谈。

谈话内容很杂,关于事业、感情、婚姻、未来的各种困惑和纠结,甚至连她到底要不要调动职位,她的男朋友到底要不要从美国回国创业,都拿来问我。

"调动职位,可能会稳定一些,清闲一些,让我有更多的时间去顾及男友那边的事,可是薪水会降低;男友回国创业,也是大冒险,万一失败怎么办?但他如果在美国工作,我就必须放弃这边的事业,远嫁异国,到时候能不能适应那边也是个问题,况且,就算他回国创业,没有失败,那我的生活肯定也会发生很大变化,到时候会不会影响我俩的感情？我真的害怕一步错，步步错，我俩都陷入了困境，怎么走都不对……"

听到最后，我明白了大半。几乎所有困惑纠结的源头都是因为：她快30岁了，输不起。

"可是，你还不到30岁呢，还有好几年呢。"我说。

她立刻着急道："好几年一下子就过去了，不尽早做好万无一失的打算，难道等着30岁的时候一无所有？"

说得没错，人生的确该尽早打算。

可是，这世上哪里会有万无一失的打算？就算站在今日看，你觉得万无一失了，明天条件一变动，万无一失的打算立刻就会变得漏洞百出。

况且，为什么我们在30岁的时候不能一无所有呢？

谁规定到了30岁，我们就必须名利双收，并且坐拥一个同样名利双收的老公，从此走向人生巅峰，再也不会偏移？

你怎么保证30岁以后不会再改变，不会再偏移正轨，不会变得更强大，更聪明，更丰富，再走上更多其他轨道？

为什么因为三十大关将近，就如此患得患失，甚至以为人生如果错失了这个机会就彻底完了？

再说，所谓的名利，到什么样的程度才会让你满意？

你现在拥有一份不错的工作，累是累了点，可是挣得挺多，至少比身边的大多数同龄人多；你的男朋友，在美国留学，热门专业优等生，无论回国还是不回国，自身的价值摆在那儿,假如你认为这样的你们都一无所有,那么,要收获多少名利,才算得上圆满?

想问的问题像山一样多,其实一句话就可以说尽:

年龄只是一个数字。为什么要用一个数字规定思想和行为的边界?

风靡全球的《哈利·波特》系列故事的作者J.K.罗琳,在写出第一本书时已经30多岁了,当时,她被丈夫抛弃,离婚后独自带着孩子靠政府救济金艰难度日。在人生最深的低谷里,她在咖啡馆里写完了《哈利·波特与魔法石》,数年之后,她靠写作跻身亿万富豪之列。

美国的摩斯奶奶76岁之前只是一位农妇,没有画过画,但在她因生病而拿起画笔的四年之后,80岁的她第一次在纽约办画展,引起轰动。直到101岁辞世,她开过十五次个人画展,留下一千六百幅作品,作品最高拍卖价达一百二十万美元,成为美国最著名和最多产的原始派画家之一。

一位马拉松运动员,89岁才开始跑马拉松,在此之前,他甚至不知道马拉松的全程究竟是多少公里;一位不知名的老奶奶,80岁才开始上大学,花四年时间拿到了学位,有人说她浪费教育资源,80多岁的人还拿学位做什么?但老奶奶说,为什么不呢?难道因为已经80多岁了,就要放弃自己想做的事?

看到这些人的人生,我是真的羡慕,并且唯愿自己的30

岁、40岁，甚至70岁、80岁，都能像他们一样，随时推翻，随时竭尽全力，重新开始。

接触过一个全部由90后组成的团队，他们做出一款在年轻人中极受欢迎的产品，媒体纷纷前去采访他们的创业经历和成功经验。

创始人是个大男孩，刚刚二十出头，说起话来稚气未脱。

"就是玩啊。"

记者一头雾水。

大男孩笑了："就是玩，我们这群人，全都是二次元爱好者，喜欢动漫，喜欢游戏，我们就是把爱好变成事业在做。这个产品就是玩出来的。大家都觉得有趣、好玩，对不对？因为我们就是觉得有趣才做的，要知道，这个产品，倾注了我们团队所有人'好玩'的经验。"

有人去参观他们的办公室，就是一间到处贴着动漫和游戏的海报的普通大房子，根本不像个办公的地方，老板没有独立的办公室，和员工之间完全没有距离，创始人、CEO的工位都在大家中间。角落里有沙发和咖啡机，房间一角甚至还配置了专门的游戏设备，供大家娱乐，放松，寻找灵感。

"玩"出了市场反响热烈的产品，"玩"来了天使和A轮投资，一群90后成天在不像办公室的地方"玩"，听起来很不靠谱。但你以为他们只是在"玩"？研发产品时，哪个不是把睡袋扛到办公室，轮流着熬通宵？产品更新换代的速度比同类产品都要快，是因为每个人都有永不枯竭的灵感，随时准备碰撞的头脑风暴，说了就立即行动的高效率，以及那种把办公室当家的拼劲。

有人说："光拼不行，你得好好规划将来，考虑产品变现，市场出路，用户需求，等等。万一失败怎么办？万一玩不下去了怎么办？"

创始人不同意："每个人都有自己擅长的事和不擅长的事，找投资，我不擅长，所以找了擅长的人去做；财务、法律、市场分析、宣传推广，这些我都不擅长，都可以找专业人才去做，但我只做我想做的产品。"

"成功和失败的经验那么多，谁都可以说出一条两条，但我不相信教条。"他说，"一句话，我就是要玩，否则我就不创业了。先考虑结果，先考虑别人的说法，再去做一件事，我做不来。我始终认为，自己玩高兴了，别人才会被你感染，被你打动。"

我们都是这样的吧，在年轻的时候肆无忌惮，不顾一切，潇洒地挥霍青春，不肯计较丝毫得失，面对人生，面对这个世界，赤诚得如孩子一般，吃起苦来如饮甘露，唯恐生命不能尽情。

年纪稍长之后，我们将此前的初衷忘得一干二净，手中的收获越多，越觉得自己输不起，于是谨小慎微、权衡、纠结，对每一分得失提心吊胆，忧心恐惧。

韩寒的《后会无期》里说："小孩子才分对错，成年人只看利弊。"

成年人都在权衡利与弊，权衡着到底该怎么做才能把弊降到最小，把利放到最大，才能在30岁后做一个人生赢家，从此轻轻松松过一场一眼就可以望到尽头的安稳人生。

但我们可不可以让人生不要那么安稳，不要在30岁的时候就能一眼看到尽头？

摩斯奶奶说过一句很实在的话："假如我不绘画的话，兴许我会养鸡。绘画并不重要，重要的是让生命保持充实。"

76岁开始绘画和76岁开始养鸡，对她来说，的确没有太大区别。

重要的是，永远竭尽全力去生活，让生命永远保持充实。

永远不要认为你可以逃避

永远不要认为你可以逃避，每一步，都在走向你自己选定的终点。而且每一步，都由你来决定好与坏。

一位旅游狂人、探险爱好者，习惯在工作之余，独自去野外探险。没有被开发的大峡谷、草原、森林、沙漠，都是他喜欢的冒险之地。

或许是因为对自己能力的自负，又或许是为了保持探险的纯粹性，他从来不对任何人透露自己的行踪，包括父母、恋人、最好的朋友。他常常会在各种假期里突然消失一段时间，然后又突然回来，身边所有的人都已经习以为常。

那一次，他去了一直想去的峡谷，徒手攀爬至山顶，轻而易举穿梭在复杂的地貌间，对自己的身体素质和头脑充满了自信和骄傲。

突然，悲剧发生了。

他不小心跌入山石之间一个狭窄的缝隙，一块落下来的大石头将他的一条手臂死死卡在了石头和山壁之间。

从被卡住，到最后自救成功，整整一百二十七个小时。他放弃无数次，挣扎无数次，懊悔无数次，无数次想到死亡，无数次思考人生，最终用小刀一点点切断了自己的手臂，忍痛爬到谷底，步行八公里走出峡谷，终于获救。

这是电影《127小时》的情节，也是一个冒险爱好者的真实经历。

电影中主人公审视人生的那一段格外精彩。

他想，自己怎么就走到了今天这一步？

自负、骄傲，追求独自冒险的刺激，正是这些他看得太过重要却无聊的东西，导致他遇到危险时，没有任何人能够救他。大自然如此庞大，人类如此渺小，一块石头就足以让他丧失所有希望,而他先前竟然一直以为自己是征服者。

那块石头,其实一直等在那里。从他出生的时候就等在那里,等着在今天,在这一刻,从天而降,粉碎他的狂傲和无知。

这不是一次偶然,不是意外,不是天灾。

这是他终将经受的磨难,只要他仍旧喜欢探险,只要他还是那个轻狂自负的男人,他就无法逃避。

正如昆德拉所说:"永远不要认为我们可以逃避,我们的每一步都决定着最后的结局,我们的脚正在走向我们自己选定的终点。"

那段时间,她负责和客户洽谈一个项目。公司对这个项目寄予厚望,叮嘱她务必拿下。她的成单率一向很高。公司当然是出于信任才把这个项目给了她。

她的一贯做法是:研究客户的喜好,然后投其所好。

她约这位客户吃过一次饭,去过一次高档会所,但对方看起来对这种场合并不感兴趣。后来她得知对方有收藏爱好,而且专爱收藏各种稀奇的器皿。于是专程请这方面的朋友物色了一些,当作礼品送给客户。

客户果然很高兴,坐下来细细研究了半天,又和她聊一些相关的历史和收藏价值。见她一味附和,不怎么说话,客户皱起了眉:"这些东西你专程送给我,自己却不懂其中门道吗？"

投其所好的结果是，客户对礼物满意，却对她生出诸多不满。一个大项目就此错失。她没想到这位客户仅仅因为她不懂门道，就终止合作。

她不甘心，又特意找到他，希望他重新考虑。

客户很诚恳地说，他考虑得很清楚了。

"说实话，我之所以终止合作，是因为你这个人。这个项目需要注入大量文化内涵和情感内涵，以及能够感染人内心的东西，而你的眼里满是功利——只有合作的成败，项目所带来的收益，以及给你自己的职业生涯带来的好处，我不认为你所在的公司能做好这个项目。"

因为大项目没能谈成，她被扣款、降职，好几年的奋斗白费了，仿佛一切都回到了原点。

她从来都不认为谈成一个商业项目需要的是文化内涵和情感内涵，她所知晓的只有最简单的方式——和客户搞好关系，投其所好，再借着酒局上千杯不醉的功夫，不顾一切地拿下项目。

她没有上过大学，高中毕业就开始做销售，从一个底层的销售员做到销售经理，凭借的是过人的天赋，有眼力，会说话，会喝酒。她一直以为这是真理，而她也的确是靠着这套理论一步步走到今天。

重新回到销售员的位置，她忽然觉得，或许这一场挫败早晚会来。即使现在没遇上，将来肯定也会遇上。因为自己的确不具备能够完成这种大项目的智慧。哪怕她现在靠运气当上了销售总监，总有一天也会出同样的问题。

是祸躲不过。她曾经逃避了读书的命运，但社会终究以另一种教师的身份，给她当头棒喝；也终究变成另一本书的模样，让她阅读终生。她或许可以逃开上课的命运，却绝不可能逃开学习。

要学的东西实在太多了，她不能满足于仅仅当一个会喝酒、会讨好人的销售经理。她应该见识更多的人，更大的世界，去欣赏那些站在顶点才能看到的风景。

还记得电影《127小时》的结尾：那个失去了一条手臂的探险爱好者，最后成了探险家。

这真是最好的结局。

他没有因为一块石头的阻挡和这场悲剧而失去勇气，放弃人生最大的爱好和梦想。

一块石头，是障碍，同时也是力量。

从他战胜了它的那一刻起，他就已经超越了这个障碍，并且记住了它赐予的血淋淋的教训，以此为踏板，走向更广阔的世界。

所以，昆德拉说得没错：永远不要以为你可以逃避，每一步，都在走向你自己选定的终点。

而且每一步，都由你来决定好与坏。

不必在意被世界亏待的日子

哪怕被这个世界亏待过,也请你相信,时光不会亏欠任何人。哪怕被整个世界亏待,你也不可以亏待你自己。

表姐从美国回来,我去接机。

她拖着行李箱走出通道时,我愣住了。质地精良的衬衫,黑色紧身长裤,长款风衣,简洁利落的欧美范儿,一脸神采飞扬的笑容,好似一块被打磨出耀眼光彩的玉石。

她在美国读完MSFE(金融工程硕士),拿到了好几家投资银行和基金管理公司的聘用书,打算在那边工作,这次是回来办手续的。

表姐轻描淡写地说着话,年少时的稚嫩已没有了痕迹。

高中三年,表姐是班上最不起眼的女生,长相普通,家境普通,不懂打扮,不擅长交际,学习很努力,成绩却只是平平。午休时,别人都在玩游戏聊八卦,她却埋头看书做题。连班主任都说她:"你就是因为太死板,考试才考不好。"

她那时不明白怎样才能不死板,只知道什么事都怕"认真"二字，大好的青春，全都消耗在数学公式、英语单词里面。她当然也有过少女那些萌动的情愫，但因为太笨拙、太自卑，还没等她勇敢地开口向他告白，毕业的时节就匆匆而至，彼此各分东西。

不过，三年的努力和认真终究没有白费，她考上了排名靠前的重点大学。

大学前三年，几乎是高中生活的重复。寝室的其他女孩子，忙着恋爱、兼职、煲剧、旅行，把日子过得多姿多彩，她却是教室、寝室、图书馆、食堂四点一线，单调到几近乏味。到了大四，其他女孩子开始忙着分手、找工作、考研、写毕业论文，她却拿着普林斯顿大学的全额奖学金，准备出国。

同学会上，大家谈论起当年不顾一切、傻里傻气的青春时，她插不上嘴。她的青春，谁都不在场，只有无数本书、无数道试题。

谁能想到，当初那个笨拙又不出彩的女孩，会成为华尔街的精英呢？

都说青春不疯狂、不放肆，就是虚度，就会后悔。但从表姐身上，我看到青春的另一种更饱满的姿态。

同学中，当年玩游戏聊八卦的人，如今牢骚满腹，家长里短，而那个青春里一片暗淡的姑娘，却在沉默中华丽转身，站在大家都无法企及的舞台上，接受所有人的艳羡、嫉妒，以及喝彩。

等你蜕变成更好的自己，再苍白的青春岁月，回忆起来都会让你嘴角上扬。

哪怕被这个世界亏待过，也请你相信，时光终究不会亏欠任何人。

朋友离开普吉岛时给我打电话，说她已经想清楚了，回来就辞职。

先前的那份工作，她无论如何都做不好。

起初是不小心得罪了上司，然后和同事闹僵，被客户投诉，交上去的案子永远被打回来重做。当初她求职时，大学四年里漂亮的履历和实习经验，助她过关斩将，她壮志满怀，准备在职场上大干一场。

谁知世事难料，接二连三的打击，让她几乎开始怀疑整个世界。

这一切，仿佛是上天专要和她过不去一样。

她想，这是怎么了，为什么自己连这样一份简单的工作都做不好？

她当然想过辞职，却也犹豫：自己连这么简单的工作都做不好，去了其他公司难道就能做好其他工作，能够顺利融入另一个环境吗？

纠结得不得了，压力大到整夜失眠。最终请了年假，随便参加了一个旅游团，去了普吉岛。

后来她告诉我，她在普吉岛遇到了一位店主。那人独自在岛上开了一家小店，卖奇奇怪怪的甜点和颜色艳丽的热带饮料。

也不知为什么，坐在他的店里，不自觉地就放松下来，向他倾诉了自己的困惑。英语说得磕磕绊绊，店主却听懂了。

他问了一句："你觉得，我有什么才华？"

她有点摸不着头脑，不确定地说："经商的才华？"

店主笑着说："错，其实我最大的才华是会聊天。"

她也笑了，以为店主只是开玩笑。他却接着说："其实，我以前弹过钢琴、当过老师、做过销售，但直到我开始经商，我才找到最能让我发挥才华的地方，如果我告诉你，我的公司已经在全球各地开了很多家分店，你一定会惊讶吧。"

她的确惊讶，正想说点儿什么，他却提了一个问题："那么，最能让你发挥才华的地方，在哪里？"

她忽然愣住了。从来没想过，一直以来，都只想着要做好眼前的事，搞定工作，升职加薪，成为职场精英，就像所有优秀的人那样。

"有时候，不是你的才华配不上这个世界，而是你身处错误的世界。"穿夏威夷短裤的店主语重心长地说。

从普吉岛回来，她辞掉原先的工作，在一家大公司找到一份很好的工作。大学四年的打工兼职经验仍然没有白费，在面试时，面试官对她表现出来的见识和能力相当欣赏，刚入职她就得到机会参与一些重要项目。

她学习快，又拼命，很快升了职。现在她每天穿着干练的西装，像这个城市最典型的白领一样，穿梭于写字楼和咖啡厅之间，每周出差一次，在各个城市最好的酒店欣赏夜景。从前的煎熬挫败就像做梦一样，早已不复存在。

我问她那个普吉岛店主的故事是不是真的，她居然犹豫了。"我也不知道是不是，现在想起来也像做梦一样。"

但是店主送的船锚模型，至今还在她的手机上挂着。

被周围的一切否定，不知多少人有过这样的经历。

有时你以为你活得像一场笑话，毫无意义；你以为人生只是一座无论如何也找不到出路的迷宫；你以为整个世界都亏待了你，而你再也没办法找到任何属于自己的骄傲。

但其实你只是自己否定了自己的意义，又或者只是走进了错误的世界。

直到你迈出一步，两步，三步……才知道真正属于你的世界何其广阔。

哪里都可能有你的天地，哪怕被整个世界亏待，你也不可以亏待你自己。

第六章 用一朵花开的时间去等待

慢慢来,
一切都可以来得慢一点,
只要它是真的。

等待是件隆重的事

时日且长，日头每日升起又落下，落下又再升起。我们何不耐心等待，就像盛装打扮，走很长的路，去等待一场日出。

朋友感冒咳嗽，久久不见好转。一日打电话给我，与我寒暄几句，自言药吃了一大堆却都不见效，边咳着边问我有没有什么治咳嗽的偏方。

我因为胃不好，平时生病都尽量不吃药，自然没什么偏方可以提供。她很遗憾地叹了口气，向我诉苦，说她有时晚上都会被自己咳醒。我听到电话里传来呼呼的风声，问她在哪里打电话。她说刚从地铁出来，正迎着风口。

这样迎着风讲话，难怪会咳成这样，我忙让她挂了电话。

接下来几天，她又常给我打电话，和我聊她最近的烦心事。

她仍然咳嗽，有时很烦躁，说怎么咳嗽迟迟不好，又说肯定是因为她老在外面跑，而北京雾霾太重，接着就开始聊她事业成功之后离开北京的大计。

我哭笑不得。

亲爱的朋友，生了病就得停下来，好好静心养着。你明明咳嗽，却每天忙着工作，不停地透支嗓子，和客户说完话，不好好闭口休息，还要继续和我聊天，饮食上也不注意保养，怎么能痊愈？

后来，她终于请了假，在家静养了几天，不说话，喝冰糖雪梨水，每天听听音乐，静静坐着看会儿书，牵着妈妈养的狗去公园散步，到了第三天，果然好了大半，不再咳嗽。

病去如抽丝，这是最急不来的事。

朋友说她也懂这个道理，事到临头却还是忍不住着急。只要一想到还有那么多工作需要她处理，她就停不下来。

听她这么说，我忽然想到，或许我们都是这样，活在一个停不下来的世界里。

周云蓬曾在《绿皮火车》里描述："曾经有那样的生活，有人水路旱路地走上一个月，探望远方的老友；或者，盼着一封信，日复一日地在街口等邮差；除夕夜，守在柴锅旁，炖着的蹄膀咕嘟嘟地几个小时还没出锅；在云南的小城晒太阳，路边坐上一整天，碰不到一个熟人；在草原上，和哈萨克人弹琴唱歌，所有的歌都是一首歌，日升日落，草原辽阔，时间无处流淌。"

读之令人心生向往。

而在一个停不下来的世界里,你会读到许多加班猝死的消息,会听到许多为事业名利毁掉健康,壮年早逝的悲剧。

每个人似乎都失去了耐性。

梦想恨不得一日成真,事业恨不得一跃千丈,感情最好今天见面明天就说我爱你后天就定下终身。

生怕等下去,一切就来不及了。

见过一些创业者,着急找团队、找资金、推广宣传,却很少把心思沉下来,花在产品细节的打磨和用户体验的提升上,结果团队勉强拼凑起来,资金到位,却因为产品体验不过关,留不住用户,最多靠推广火一把,然后就走向失败。

见过一些奔三的女人,天天急得像热锅上的蚂蚁,着急把自己嫁出去,担心再老就没人要,结果匆匆找个人嫁了。

今天的我们,不再需要花费漫长时日去等待一封信,等待一个人,只要打开微信、QQ,发出去几个字,立刻就能得到回应;想联系谁,只要按几个键,即使他在地球另一面,也可以立即取得联系;想见谁,高铁、飞机,再远也不过数个小时的路程。

但人与人之间的情谊并未改变,时间的流逝方式并未改变,四季并未改变,自然和人生的规律并未改变。

一个梦想,仍要浇灌心血和信念,付出努力,才能变成现实。

一段感情，仍要花费时间和精力，用心经营，才能日渐深厚。

好比等待一棵树的成长。你不能越过种子发芽这一步，也不能越过它每一步的成长，所有的树，都必须经历四季更替、阳光风雨，才能长成参天大树。

等待的过程，其实很隆重。

曾有人做过一个奇怪的社交APP。功能虽然是社交，用户注册之后却不能和任何人交流，只会得到一颗种子，并被告知：如果想要看到另一个人的资料，想认识对方，必须每天给种子施肥浇水，直到它完成发芽开花结果的一系列过程。

这样一个"反社交"的社交APP，市场反响可想而知。没过多久，因为下载量太少，开发团队就停止了维护。但是，当团队做出另一款大受欢迎的APP，再回过头来想要把原来的失败产品下架时，意外地发现这款早就停止更新的APP里，居然还有六个用户。

这六位用户，仍然日复一日地为种子浇水施肥，等待着在这个孤独的世界里结识另一个人的机会。

团队的所有人都为此感动不已。

创始人当即做出了一个决定：继续为服务器续费，只要这六位用户存在一天，他就会一直保留住这个APP。

现在，这个APP已经不能再下载和注册，这六位用户成为最后的也是仅存的用户,继续在这个虚拟的世界里坚持着,等待着。

这六个人的故事在网络世界里被传扬。

在一个没有耐性的世界里,异乎寻常的耐性成了传奇。

同事的妹妹,从小的梦想就是去法国生活。但贫寒的家境让她连大学都读不起,比起天资平平的她,家人更愿意把希望寄托在聪明的姐姐身上。父母拿出全部积蓄供姐姐读了重点大学,而妹妹高中毕业就进了一家酒店当服务生。

因为工作勤奋,外形也不错,她很快升职当上了领班,薪水也翻了好几番。过了20岁,家人开始催她相亲,希望她早早嫁了,不用再这么辛苦。她不肯,为了反抗父母,不惜辞职去了另一座城市。

就这样,过了好几年,忽然传来她去法国进修的消息。

家人都惊呆了,担心她是不是被骗了。细问才知道,原来她这么多年来,一直在利用少得可怜的业余时间自学法语,一点点存着钱,考TEF(法语水平考试),申请大学,办签证,默默做着去法国生活的准备。

一点一滴的努力,漫长的等待,终于换来梦想中的未来。

家人问她去法国后学费和生活费怎么解决,她说,有存款,有奖学金,有手有脚可以打工,总会有办法的。

是的,我们都相信这个从不放弃希望和努力的姑娘会有办法的。

三毛说，生活缓缓如夏日流水般地前进，我们不要在30岁的时候，去焦急50岁的事情，我们生的时候，不必去期望死的来临，这一切，总会来的。

用心浇灌一颗种子，它总会发芽。

静静注视一朵花，它总会开放。

耐心等待一个梦想，它总会绽放。

何必着急？

时日且长，日头每日升起又落下，落下又再升起。我们何不耐心等待，就像盛装打扮，走很长的路，去等待一场日出。

谁的青春不迷茫

迷茫本就是青春该有的样子。有时候你想，人生是不是就这样了。但是岁月终有一日会告诉你，人生不会只是这样。

"这日子过不下去了！"

你昨天约我去喝酒，特意避开了南锣鼓巷让人胆寒的人群，选了一街之隔的北锣鼓巷一家坐落在四合院深处的清清静静的酒吧。

幽蓝的灯光照在你涂了蓝色眼影的美丽眼睛上，你一口灌下杯中的莫吉托，恨恨地抛下这句话。

亲爱的，我很想提醒你，我已经不是第一次听你说这句话了。

也很想提醒你，没有人像你这样喝莫吉托。

莫吉托的薄荷气息，沁人心脾，静静闻着慢慢品着最好，猛灌一气，会让它变得苦涩呛喉。

这种感觉像什么呢？哦，对了，很像你口中那些"过不下去的日子"。

你年轻漂亮，工作体面且薪资优渥，甚至工作时间也相对自由。你在这座人人抱怨拥堵的城市里，几乎从未坐过公交车和地铁，也没有经历过上班族谈之色变的早高峰、晚高峰。

你有一个高大帅气的男友，他是个画家。当然不是怀才不遇的穷画家，而是一位经常举办个人画展、年轻有为的画家。他的作品一旦完成，立刻就有画商买走。你们目前正在甜蜜地同居，他大部分时间都在工作室作画，偶尔被你拉出来和朋友小聚，他不善言辞，望着你的眼神十分温柔。

这样的日子，你还说过不下去？

不过，我明白，你迷茫不知所措，时常把那句"日子过不下去"挂在嘴边，是因为你没有过着梦想中的生活，没有活出理想中的自己。

不知情的人并不知道，你那份体面高薪的工作是你老爸的杰作，他要求你乖乖待在他的羽翼下，不舍得你去外面吹风淋雨。你顺从了你老爸的要求，几乎忘了自己少女时期的梦想是拥有一份在世界各地飞来飞去，可以看到大千世界的精彩，可以在职场上绽放自己的工作。

旁人不知道，你那位人见人爱的男朋友，是个坚定的不婚主义者。刚开始交往，他就对你坦承了这一点，你却因为太爱他，装作不在乎，只在心底偷偷藏了一丝希望：也许你能像电影《He's Just Not That Into You（他其实不那么在乎你）》中安妮斯顿饰演的那个女孩一样，和不想结婚的男友交往七年，最终成功改变他的想法。

如今，三年的恋爱过去了，你开始觉得，你的希望太渺茫。因为你看到他毫不迷茫，没有一丝痛苦和犹豫，早早地为独身的晚年准备着一切必需品：健康的身体，足够的金钱，热爱的工作，以及一个永远不逼他结婚的女友。

有时你自嘲，你只是你老爸和你男友的必需品之一，假如用一个和你长得一模一样的人偶替换掉有血有肉的你，他们大概也会欣然接受。

你当然也想反抗老爸，可是，他身体不好，你不忍心违背他。每一次，只要他用爱"要挟"你，你肯定会立刻束手就擒。

你当然也想过离开男友，你的梦想明明是成为贤惠的妻子，成为可爱的妈咪，让一家三口过得温暖甜蜜，可你真的爱他，他几乎是你的全世界，你怎么舍得放手离开？

所以，除了找我喝酒发泄，你还能怎么办呢？

我亲爱的朋友，你还记不记得从前的你？

你第一次离开家到异地上大学，住进寝室的第一晚，在关了灯的漆黑寝室，你蜷缩在床上瑟瑟发抖，泪水浸湿了被角也不吭一声。

那个时候，你是一个怕黑、怕打雷的孩子。

世界好大啊，你试探着迈出一步，又吓得缩回半步。但终究还是走出去了。

大一过完，你已经敢半夜摸黑起来上厕所，敢在打雷的天气里走到阳台上看雨。你开始自学设计，去画室学素描，去道馆学跆拳道，甚至开始参与竞选班长和学生会干部。

精彩纷呈的生活在你眼前渐次打开，你欣喜得忘了去害怕。

大二，你如愿当上了班长，拿到了奖学金，成了校报的记者，素描成为纯粹的爱好，跆拳道也终于摆脱菜鸟的白带级别。

大三，你去当地最大的传媒公司实习，开始接触到不少娱乐圈的人，还交了男朋友。

大四，你和他分了手，却得到了传媒公司的一个职位，开始负责各类明星的采访等工作,你说,喜忧参半,也算扯平了。

然后,就没有然后了。

你回到老家,在被你老爸的关系网覆盖的电视台里开始了现在的生活。

那个精彩纷呈的世界还在开启,却忽然被生生按下停止键。你身上刚要迸出的光芒一下子熄灭得干干净净。

当我提起这些时,你沉默了。

那种看到世界丰富的层次,看到自己身上越来越多可能性的惊喜感觉,仍然鲜明地留在你的身体里,对不对?

你问我,你的人生怎么变成了现在这样。

亲爱的朋友,如果你愿意抬起头看一看你身边的人,看一看他们的人生,你就会知道,其实大家都一样。

你的同事,已经跳了三次槽,好不容易找到的工作仍然不是她想要的,但不敢再轻易辞职。

和你一起毕业的高中同学,坚持复读了两年才考上理想的大学,结果刚读了一年,就觉得自己选错了学校和专业,索性自暴自弃,过了几年无所事事的大学生活……现在,她经常做的事就是在微博里抱怨工作,抱怨生活。

我们共同的朋友小C,工作顺利,爱情甜蜜,可你何曾知道她从大三开始实习,花两年时间才转正的记者工作,如今遭逢人事倾轧、行业潜规则，早已耗尽了她想要为普通人代言的梦想和热情，而那段从大学开始的甜蜜恋情，也因现实的残忍而即将走到崩溃边缘。

你再抬眼看一看坐在你四周的男男女女，他们一个个西装革履，裙裾飘扬，端着高脚杯，看起来精致而潇洒，但你知道，来这里买醉的人都和你一样有着忧伤的面孔，落寞的眼神，以及一颗颗装满烦恼的心。

…………

做着不喜欢的工作，过着不想要的生活，爱着不能爱的人，觉得世界灰暗，人生无望，迷茫于未来走向何方。

可是你有没有想过，迷茫本就是青春该有的样子。

没有人可以一生下来就找到自己该走的路，一往无前，至死方休，多数人都是要跌跌撞撞，摔过跟头，愈合伤口，才能拥有明媚的人生。

而20多岁的年轻人，大部分人都不上不下地卡在原地，以为四面八方没有一条路可以走。

有时候你想，人生是不是就这样了。

但是岁月终有一日会告诉你，人生不会只是这样。

在大理，我曾经遇见一个30来岁的女人，她的容貌不显年轻，却别有一种风情和韵味，如同岁月酿就的酒，味道都藏在深处。她和外籍丈夫一起开了好几家店，大家都叫她老板娘，我也跟着这么叫。深夜的酒吧，她与我聊起自己的过去，轻描淡写，我却听得惊心动魄。

幼时，父母离婚，父亲再婚，母亲改嫁，她跟了母亲，却和那个脾气暴躁的继父相处不好，弟弟出生后，她在那个家中更是无处立足，最后被母亲送到寄宿学校，从此回家的日子屈指可数。没有人照顾她，没有人挂念她，她只好将所有的时间都用来拼命读书，只为了考上大学，能够彻底离开那个家。

上大学后，她没有再回过家，独自在外打拼。20岁出头的年纪，她结过一次婚，和大学的学长。几年后，学长开公司，她将自己工作以来存下的钱全都押进去，谁知公司没开成，学长被合伙人骗走了所有钱，而她收到的却是一纸写着她名字的欠条和一张离婚协议书。

还完债的那一天，她离开了那座城市，一无所有来到大理，以摆地摊为生，重新开始生活，直到开了第一家店，直到遇见现在的外籍老公。

"我现在，过得很好。"她这样说。

我当然相信她过得很好。

只是不知道在全世界都抛下她的时刻，她是否感觉人生根本就是笑话，是否怀疑她的青春到底有什么意义。

不知道她一个人是怎么撑过那些最寒冷的时光，又是怎么从迷茫里重新找到出发的方向。

我有时想，我们的30多岁是什么样子呢？是不是也会像这个女人一样，容纳了一切，生命逐渐变得像一坛酒，浓郁香醇，却也有凛冽风味。

我并不能越过似水流年，走到未来，指着你那已经变得成熟、智慧、风情万种的人生，然后告诉自己，你看，我说过的。

我只能和你一起去相信，我们终将经历一切，而那些经历过的事，都会发生化学反应，让我们变成另一个自己。

你说现在的你连改变的勇气都没有。那又怎样呢？勇气也可以深藏内心。只要念念不忘，终究会有回响。

至少你还没有认命。

束手无策，那就继续无策。万分痛苦，那就继续痛苦。茫然无措，那就继续茫然。只是此后要更用力地活着，要去相信，终有一天，这充斥着雾霾的日子会出现裂缝，透进阳光。

慢下来的时光

在有限的时间和精力里,给自己一点慢下来的时光。你并不需要用辛勤的努力去感动别人,感动岁月,只需要按照自己的方式和节奏好好生活。

读苏静的《知日》系列,看到一个有趣的故事:

日本职业拳击界有一位名叫高岛龙弘的拳击手,他在高中时期就已经获得大阪职业拳击比赛的冠军,被媒体称为"拳击少年"。

其实,在成名之前,龙弘有过一段奇遇。

13岁那一年,他曾经离家出走。

出走的理由,是因为压力太大。当时,他在家里排行第三,因为父亲在他上小学的时候就去世了,龙弘从小就肩负着照顾两个弟弟的重任,同时还要练习拳击。到了13岁,他终于因为家庭和练拳的双重压力离家出走了。

他漫无目的地在外游荡,当他走到隅田川大堤的时候,已经身无分文,肚子饿得厉害,但他实在不想就这样回家。一想到回家之后需要面对的一切,他就觉得,还不如饿着肚子流浪。

这时，他遇见了一位50岁左右的流浪大叔，便央求大叔收留他。虽然大叔对突然出现在面前的少年感到吃惊，但也很爽快地同意了他的要求。

从此，龙弘开始了流浪汉的生活。

白天，他和大叔一起去便利店乞讨，晚上就在大叔的帐篷中裹着毯子睡觉，没有心情外出的时候，两个人会在一起聊聊天，但龙弘从来没问过大叔为什么会沦为流浪汉，大叔也没问过龙弘为什么离家出走。

两个人默契地生活了大半年，其乐融融。

直到有一天，大叔突然平静地对龙弘说："是时候回家了吧，家人和朋友会担心你呢。"

听到大叔这么说，龙弘才忽然记起家中的弟弟和一起练拳的伙伴，他惊讶地发现，当初离家出走时的绝望不知什么时候消失了。如今他回想起过去的生活，心中竟充满怀念和眷恋。

他想，是时候回家面对一切了。

后来高岛龙弘在大阪的职业拳击比赛中获得冠军，接受采访时，他诚恳地感谢了当初帮助过他的流浪大叔。

只是那位大叔这时已经搬离隅田川，不知道流浪到哪里去了。

当流浪汉的体验，什么也不用做，什么也不追求的时光,净化了拳击少年的心灵,给了他重新振作的力量。这听起来像是日式小清新励志电影的某个桥段。

但我相信这是真的。

龙弘也好,我们也好,都是铆足了劲面对人生,一刻也不敢懈怠,只因为社会告诉我们,时间就是金钱,要努力,要进取,要比别人更好、更快、更厉害,只要想成功,就必须付出比别人更多的辛苦和磨难。

但其实,我们都害怕承认这一点:我们是因为害怕被落下,被嘲笑,被蔑视,才不肯安逸,甘愿吃苦受难,让自己拼了命地往前跑。

但是,人生有时像一根绷紧的弦,绷久了就会断。

电影《丈夫得了抑郁症》里,堺雅人饰演的丈夫脑中就有一根绷紧的弦,弦断之后,抑郁症来了。

他每天睡不着觉,也没有食欲,却仍然准时起床准备早餐和便当,准时出门上班。他并没有去上班,而是坐在公园长椅上长久地发呆。他想,不行,我必须振作努力,但他仍然只是呆坐在那里,无法振作,也无法努力。

后来他终于去看医生,辞职在家养病。他的妻子小晴并不是要强的妻子,她没有在丈夫得病后痛苦万分,逼着自己全力撑起这个家,也没有受再多苦累也不说怨言——这不是一部苦情的励志电影。

小晴在丈夫得了抑郁症后,在日记本上写下一句话:我才不努力呢。

她只是微笑着告诉丈夫:"没关系,不努力也可以。"

如果痛苦的话,就别努力了,保持平常心就可以了。

平常心有多难得呢?

或许你需要亲自去体验流浪汉的生活才能明白,或许你需要得一场抑郁症才能理解,又或许,你需要慢下来,在生活里领悟。

上一份工作,我做得相当吃力,并不是因为不能胜任,而是因为过分追求完美。

常常为了一个项目熬夜攻关,为了上司一通责难就彻夜难眠,压力大到引起胃溃疡。那时的我,不肯容忍自己工作上有一丁点儿失误,不能忍受被责骂,为了将一份计划书做到完美,为了得到上司的赞扬,无休止地牺牲吃饭和睡觉的时间拼命工作。

脸色差,黑眼圈,偏头痛,经常上火、感冒,这些小毛病,我并没有放在心上。直到在某次项目会议上胃痛到昏厥。

从那以后,我就常常胃痛,但那一阵子恰好是我负责的项目的关键时期,实在没时间去医院,于是去药店买了一盒胃药,痛的时候就吃几颗,勉强支撑着继续工作。

策划案通过后,部门聚餐庆祝,吃饭吃到一半,我捂着胃,疼得直冒冷汗,被同事逼着去医院检查。

医生说是消化性胃溃疡。再也不敢死撑,终于决定辞职回家休养。

辞职后回了家,彻底屏蔽了与工作有关的人和事。

早上睡到自然醒,慢腾腾洗漱,泡上一杯蜂蜜水,坐在餐桌前细嚼慢咽。下午花五个小时炖一盅汤。黄昏去公园散步,和小孩子嬉闹。夜里窝在床上看一部电影,读一本书。

两个月后,妈妈说,太好了,气色比刚回来那会儿好多了。

我对自己说,太好了,自救成功。

这两个月里,我并未明白多么深刻的道理,只是终于意识到,我并不是因为换了一个地方,换了一种生活,所以得到了滋养。滋养我的这一切———一杯蜂蜜茶,一盅汤,一场漫步,这些原本就是平凡生活的一部分。

此前以为,为了成功,为了完美,就必须努力到牺牲生活,牺牲内心。后来才知道,这种缺乏效率的努力,只是用来感动自己的工具。

读高三时,身边的人都努力备战高考,我也在一次高考动员大会之后,暗暗对自己发誓,除了吃饭睡觉,要把全部时间用来学习。

结果,我强迫自己坚持了两天,把心情弄得相当糟糕,学习也完全集中不了精力。

自此以后,我彻底醒悟,除了每天固定的上课时间,以及晚上两个小时的学习时间之外,决不给自己增加额外负担,周末的电视节目决不错过,假期一定会和朋友出去玩。

那年高考,我考了全校第一名。

这虽然不是特别值得骄傲的事——我所在的高中比较一般——但我的确是轻轻松松考了第一,而且甩开第二名好几十分。

我并没有比任何人更聪明、更努力,而仅仅是比他们多了一分从容,多了一点平常心。但你会看到,我的每一分努力都有收获。

我相信那位拳击少年在漫长的、无所事事的流浪汉生涯里,找到了内心的平静。

再坏的状况,也不过如此了。而他在这种最坏的状态里,过得还不错。

既然如此,那还有什么好怕的?

抛开一切的结果是:终于有力量重新拾起一切。

得了抑郁症的丈夫,如果没有始终保持平常心的妻子,如果他的妻子嫌弃他得了病,责怪他丢了工作,甚至以为是他不努力配合,病才迟迟不好,那他大概也很难痊愈。

人生真的不只有一条路可走,这世间也并非只有一种成功的方式,并不是说成功就能拥有一切,失败就会失去一切。

我们只是普通人，站在金字塔顶端的人永远只是极少数，大多数人只是普普通通度过一生。所以，不要用成功的压力把自己逼得无路可走，在有限的时间和精力里，给自己一点慢下来的时光。

你并不需要用辛勤的努力去感动别人，感动岁月，只需要按照自己的方式和节奏好好生活。

默默忍冬，等待春天

我希望有一天，无论梦想是否已经被时间的洪流席卷而去，我都能在这里，永远不离开。

原来同在一个编辑部的同事出书了，我打电话向他表示祝贺。他在电话那头说："我本来想给大家一个惊喜——给你们每个人都寄一本，我想等大家收到书，'啊'的一声尖叫，然后给我打电话，像个小孩那样表达惊喜之情……但是，我决定不再等这个效果出现。"

我不解道："为什么？"

"因为我发现，所有的梦想，实现的时候都会打折扣。"

盼这本书出版盼了将近一年，但等到真的上市了，他走进图书大厦，看着书摆在架上，竟只有麻木。

他的话让我一时不知该如何应答。的确，梦想实现的时候并不一定伴着鲜花掌声，反而更像线香燃尽，繁花落地，有点美，有点安静，也有点伤感。

大学室友中有个小妹，成绩特别好，可是为了给父母减轻负担，选择了辍学。某个午后，室友看见她在熟睡中抱着课本，眼角挂着泪珠。那一刻，她难过得无法自已。她说，自己一直以为小妹是不愿意上学，还为此责怪小妹。

我有一个朋友叫阿迷，他是阿根廷的球迷。他说，2002年他与女友分手后，每晚都会在梦中哭醒，现在有了新女朋友，频率没那么高了，不过每隔一两个月，还是会哭醒一次。

问他当初为何分手呢？他说不知道，说不清楚。

又问他，当年你女朋友也很爱你吧？他说是的，不过，现在已嫁作人妇，杳无音讯了。

朋友嫁了个美国富人，移民定居，住在带花园的大房子里，过着富太太的生活。有一天，正值美国时间的半夜，我接到她的越洋电话。她说她总能想起大学时喜欢的一个男生。"对不起，我结婚了，不该想这些……可是，在那个时候，他是真心喜欢我。那时候我们除了年轻，什么都没有，他除了爱我的心，还爱我什么呢？你当年跟我说，我的心也并没有什么值得爱的。当我想起这句话时，就会想起他。"

我知道这个故事。当年那个男生是年级里有名的才子，我知道他很喜欢我的朋友，我的朋友也喜欢他。可是，当年的友人都说："他那么穷，你不敢嫁给他。"于是朋友一次次地伤害他，并更加深重地伤害自己。最后，她无法再面对这样的折磨，也无法再面对自己的错误，终于删除了与他有关的一切。

电话那头她说："我梦到他了，只是一个模模糊糊的影子——我已经淡忘了他的样子。"

纵使相逢应不识。

我想起茨威格的《一个陌生女人的来信》的最后一段："他的目光忽然落到他面前书桌上的那只蓝花瓶上。瓶里是空的，这些年来第一次在他生日这一天花瓶是空的，没有插花。他悚然一惊：仿佛觉得有一扇看不见的门突然被打开了，阴冷的穿堂风从另外一个世界吹进了他寂静的房间。他感觉到死亡，感觉到不朽的爱情：百感千愁一时涌上他的心头，他隐约想起了那个看不见的女人，她飘浮不定，然而热烈奔放，犹如远方传来的一阵乐声。"

当读到这里时，文学大师高尔基说自己"不顾羞耻地号啕大哭"；而最初的最初，我也满眼模糊。这世界上充满着

"那个看不见的女人",她们的爱情真挚而悲怆。她们是常败的恋人,伤痕累累,并且无人知晓。

前几天参加编辑部的联欢会,有几个女孩唱刘若英的《后来》:"而又是为什么,人年少时,一定要让深爱的人受伤?"我想起了友人和她那个已经淡忘了样子的男生,在那样热闹的气氛里,惘然地微笑。

而又是为什么,人年少时,一定要让深爱的人受伤?因为苍老的上帝嫉妒年轻人的青春,所以不肯赐予他完美的幸福吧。权且把这作为答案,因为追究答案也没有意义。只希望她能过得幸福,不枉当年他们所承受的心灵苦楚。

电话里,出书的同事在跟我抱怨出版社的效率:"本来计划在几个月前就要出版,可是一直等到现在。在我最饥饿的时刻,他们将美餐高悬于头顶,看得见,闻得着,可就是不能果腹充饥。现在饿过了,纵是山珍海味,也没有感觉了。"

我想起余华刚出道时,编辑动辄将他的文章改得面目全非,他急求发表,敢怒而不敢言,甚至让他重写他都不能说什么。后来成名了,编辑想改动一个字,都要打电话跟他商量。我安慰出书的同事说:"你总有一天也能做到的,到时候你就坚决不让改动,连标点符号都不让改,连错别字都不让改。"

可是现在,我们仍需要默默地"忍冬",等待春天。

我有时会问自己:为什么渴求成名?为什么想要广为人知?当我不再年少痴狂,虚荣心慢慢消退,为何对转瞬即逝的"名"仍那么偏执?偶尔在内心找到一些答案,然而,并不完满。

有一年冬至,我与几个同学到学校附近的小吃街吃饺子。那是个简洁雅致的小餐馆,我们在一起回忆起很多人。比如我们系的系花,比如我们年级的总班长,比如我们系最有才华的美女,比如曾经风靡一时的某某……

全部消失在茫茫人海里,再难寻觅。

他们匆匆向前,为稳定的生活艰苦奋斗,歌乐山下的青葱四载,很少在脑海里浮现了吧?想到这里,似乎突然之间,我找到了自己人生不断奋斗的隐秘动机:我要努力,成为众人瞩目的标杆,用我的文字,将一世的聚散铭刻在时光的躯体上,以这种方式,挽留住那些无可挽回的人,离我而去的人,匆匆向前的人。

我希望有一天,无论梦想是否已经被时间的洪流席卷而去,我都能在这里,永远不离开。

总有一天，你会做回自己

人生为何要成为一场比较，为何一定要向着一个辉煌的终点进发？人生最好只是一个过程，一个寻找答案，慢慢做回自己的过程。

认识两位做设计的朋友，一男一女。男设计师是典型的双子男，思维跳跃，他的设计作品满分，用他的话来说，叫有"feel（感觉）"。可是，面对客户的意见或刁难，他也总是最先"炸毛"的那一个。

"他们懂什么呀？"

"凭什么说我的设计不好？"

"那些人根本不知道什么才是优秀的设计！"

…………

诸如此类的抱怨在他那里从没断过。

所以他的上司从来不让他和客户直接洽谈，怕他得罪客户。

女设计师和他正相反，她不仅不讨厌客户提意见，还很喜欢主动和客户沟通交流，一遍遍地改设计，从无怨言。

我问她："别的设计师都很看重自己的作品，会有骄傲、坚持，你怎么不这样？"

她一脸坦然地说："因为我想要的东西和他们不同。"

后来，她升职了，成为设计总监。

此时我才明白她想要的是什么。

而那位总对客户炸毛的男设计师，仍然留在原来的职位上，但他设计的作品得了大奖，指名要他做设计的客户越来越多，报酬也跟着水涨船高。

女设计总监说她还有更大的目标：成为公司高层，在更大的天地里施展拳脚。而那位不肯妥协的男设计师也计划着将来自己独立出去，开一间设计工作室，他说，到时候只接自己想干的活儿，做最出色的设计作品，绝对不给一群什么也不懂还喜欢指手画脚的人提供服务。

看着他们二人，你会发现无从去比较谁更成功，也没有办法预料谁的前途更辉煌。

你会发现世俗的比较是无意义的。

因为，你看到他们个性鲜明，目标明确，一心一意做自己想做、适合自己做的事，无论结果如何，你都会忍不住为他们叫好。

去年参加高中同学会，发现从前那些"优等生"都走上了相似的人生轨迹：在很好的大学念书，在更好的大学读研究生，或者出国留学，毕业后找一份收入不错的工作，成为大城市里体面的白领或金领。

这样当然很好,但相似的故事听多了,不免觉得乏味。而过去那些学习不好的"坏学生",各自的经历五花八门,反而显得有趣得多。

有的人念一所三流大学,在大学期间开店创业,毕业时已积累了人生第一桶金,然后就全心全意投身商界;

有的人连大学都没上,没找到好工作,起初只是想赚点零花钱,在朋友圈做代购,慢慢积累了口碑,如今开了一家外贸店;

有的人打网游打得炉火纯青,成了职业玩家;

还有的热衷旅游,打算当导游,结果偶然的机会加入了一个旅游评测软件的创业团队,负责内容运营,做得风生水起。

每个人都活出不一样的风景,这样多好。

看一看四周,人们都走着差不多的路,读书,工作,努力从一枚职场新人逐渐变成独当一面、游刃有余的职场精英。

但是,我们都会逐渐走上不同的路。有人奔着赚钱的路狂奔,梦想着有一天叱咤风云,改变世界,有人只想在一方小小天地里做到极致;有人为工作砍掉多余的生活,有人放弃体面虚荣,沉下心来经营自己;有人在生意场上如鱼得水,靠一张嘴就可翻云覆雨,有人则愿意坚守自我,在静默里完成自己的人生作品……

那么多种方式，每一种都有它不可替代的精彩。

关键是，你要有勇气选择一条路，然后迈步走下去。

朋友的姐姐，模特身材，从小就有人说她适合当模特，她却完全不感兴趣，只喜欢打篮球，每天大大咧咧地穿着篮球短裤在男生堆里玩得满身臭汗。

读高中时，朋友和姐姐出去逛街，恰好遇见在杂志社工作的叔叔正组织模特拍外景。原本预定的模特没来，叔叔看到侄女，眼前一亮，立刻将她拉过来，让化妆师为她打扮。

姐姐急了，拼命推脱："绝对不行，不可能，我从来没有做过模特。"

叔叔劝道："你就站在专业模特身边微笑就可以了，大家都知道你是业余的。"

"没关系，交给我们吧，一定把你打扮得漂漂亮亮，和模特比起来也不逊色。"化妆师是个女生，笑得甜甜的，手上动作利落得很。

朋友说，姐姐几乎是闭着眼睛任由人摆布。换好衣服做好造型化好妆，姐姐惊呆了。镜子里那个长发微卷，甜美可爱的女孩子是自己吗？

后来姐姐买回那一期杂志，左看右看，觉得很神奇，怎么看都觉得照片里的人和现实中的自己不是同一个人。

朋友见姐姐抱着杂志着了迷，问她："姐，你是不是觉得当模特很不错？"

她不说好，也不说不好，只是仍旧抱着杂志入迷地看。

那阵子，家人甚至开始认真地商量起要不要支持她做模特的事，但又觉得她只是被一时的虚荣心所迷惑，也担心她的性格和气质不适合当模特。

终于等到她开口，出乎所有人意料，她问父母能不能同意她不上大学，她想读造型和化妆的专业学校，以后当一名化妆师。

朋友说，面对姐姐严肃的表情，父母不得不点头。

现在，姐姐已经成为好几位名人的专属化妆师。跟着名人去摄影棚时，身材高挑的她经常被人问是不是模特，她总是微笑着回答："我是化妆师。"

模特这份职业当然比化妆师看起来更光鲜，但假若空有模特的壳，没有模特的灵魂，她又何必勉强自己成为另一个人？

高更说过："怎样去活，其实是没有答案的。"

没有答案，是因为我们都只能一直走在寻找答案的路上。

人生为何要成为一场比较，比谁赚得更多，谁职位更高，谁得到的名利更大？又为何一定要向着一个辉煌的终点进发？

人生最好是一个过程，一个寻找答案，慢慢做回自己的过程。

一位同事，生性散漫，讨厌朝九晚五的生活，辞职的想法在脑子里转了很多次，终于还是不敢。

我有一次去她住的地方，吃惊不小。她的房间里几乎整面墙都贴着乐队的海报，书架上则塞满CD，有些甚至是很珍贵的版本。她不好意思地告诉我，她是音乐发烧友，读大学时参加过音乐选秀节目，可惜预选赛就被刷下来了，一直以来的梦想是抱一把吉他走天涯，走到哪儿唱到哪儿。

"很理想化吧？"她苦笑，"我自己也知道。"

事实是，她担心自己以唱歌为职业，会活不下去，失败的话，会让最爱的父母失望。但朝九晚五的上班族生活，她又真的很讨厌，害怕自己这样下去，会对现实妥协，葬送自己的梦想。

听起来是个相当两难的选择，这让我想起以前听过的一个故事：

一个非常喜欢音乐的男孩，从小开始学钢琴，梦想是开一场自己的独奏音乐会。然而，他是家中独子，父亲经营的公司，他是唯一的继承人，念大学时，他遵从父亲的意愿读了商科。

父亲去世时，将公司托付给他。他很想将公司交给别人管理，自己去学钢琴，但他又不放心将父亲一生心血交给别人，何况，他并不缺乏经营的才能。一番挣扎之后，他终于痛下决心，接手了公司的管理。

事实证明，他的确很有经营才能，公司在他手里发展得很好，生意扩大了好几倍。十几年后，他开了一家音乐剧院，特意邀请世界各地顶尖的乐团和音乐家来演出。

剧院的首场演出，他担纲钢琴独奏，和世界顶尖的交响乐团合作了一曲拉赫曼尼诺夫，由他最崇拜的大师指挥。在顶尖的乐团面前，他的演奏也毫不逊色。

当然不会逊色。要知道，这么多年来，无论多忙，他都没有放弃练习。

演奏完毕，他在雷鸣般的掌声中哭了。他终于实现了梦想，绕了这么大的弯，等待了这么久，到底还是实现了。

我很想告诉那位同事：如果把理想中的你和现实中的你看成"非此即彼"的存在，那么，他们之间一定会演变出一场两败俱伤的角斗。

而心怀理想，将人生沉入现实最深处，你会找到一千条可以走的路。

在人生的长河中，我们都要花很长的时间，走很远的路，才能最终成为自己。

细水长流之前，把风景看透

谁都期盼人生是一个细水长流的过程，只是，很多人都忘了，细水长流之前，把风景看透。

"这一世，夫妻缘尽至此。我还好，你也保重。"

王菲和李亚鹏离婚，微博里淡淡的一句告别，结束了8年的婚姻。随后，王菲潇洒牵手十几年前的情人谢霆锋，叫世人跌破眼镜，却也符合她历来任性自我的行事风范。

那段时间，朋友圈里鲜明地分成两个派别，一派点赞支持，一派批评谩骂。批评者说王菲年纪一大把，不停地结婚离婚，而且没有给孩子完整的家庭，不配做一个母亲。支持者则说，她既没劈腿也没拆散别人家庭，忠于自己的心，勇敢追求爱情，有什么错？

记得有人说，一个人对待爱情的态度，对待诗的态度，对待音乐的态度，就是他对待人生的态度。

我深以为然。如果说爱情里从一而终是美德，那么王菲的确不该谈这么多场恋爱，可是，一见钟情然后白首偕老的故事，可以憧憬向往，却不可强求。好比人生，谁不是在犯过错之后才知道什么是对的？谁不是在受过伤之后才变得坚强,在失败、放弃许多次之后才找得到前行的方向?

错误,于爱情,于人生,都是必经之路。

然而,不是谁都能勇敢地去犯错,所以,对这个勇敢无畏追求自己所想所爱的女子,我只能支持,仰视。

她曾在《红豆》里轻轻地唱:"有时候,有时候,宁愿选择留恋不放手,等到风景都看透,也许你会陪我看细水长流。"

她何尝不希望现世安稳,岁月静好,而当人生无法安稳静好时,便干净利落地道一声"保重",不带一丝留恋地转身。她总是在恋爱,结婚,离婚,再恋爱,似乎对待感情过分洒脱。但你看她对霆锋,兜兜转转了十几年,经历了悲喜轮回,又重新牵起他的手。这难道不是一种长情?

没有错过,何来最终的深爱。

谁都期盼人生有一个细水长流的结局,只是,很多人都忘了,在细水长流之前,要把风景看透。

爱情如此,人生也是如此。假如有这样两个人,一个在北京,一个在丽江。一个年薪十万买不起房,朝九晚五,每天挤公交地铁,挤破脑袋想出人头地;一个无固定收入,住在湖边一个破旧的四合院,每天睡到自然醒,以摄影为生,没事喝茶晒太阳,看雪山浮云。一个说对方不求上进,一个说对方不懂生活。两种生活方式,你怎么选?

有人说年轻人还是应该去大城市闯荡;有人说自己身在大城市,却觉得闯荡来闯荡去无非平庸到老;有人则异想天开，说如果北京的收入水平和丽江的环境兼得就好了。

还有人则说得无比狠绝：等几十年后，看着这俩人一个儿孙绕膝，领着养老金在舒适的房子吹空调，一个三餐不继，衣不蔽体，浑身病痛地四处流浪时，你们就知道哪种生活方式更好了。

这自然是戏言，但假如你既想要出人头地的未来，又想要安逸闲适的现在，世间恐怕没有这么完美的生活。

不同的生活方式，并无优劣、对错之分，纯粹是不同的个人选择。关键在于，能否安于自己的选择。选了眼前的这一种，就不要艳羡那些生活在别处的人。

忙碌辛苦的日子并不如你想的那样糟糕，熬夜做出一个漂亮方案的时候，赢得广告提案竞标的时候，升职加薪的时候，能力被认可、在合适的位置上施展才华的时候，难道你不会充满成就感和满足感吗？

其实闲适的生活也并不如你想象中那样安逸，破旧的四合院里夏天蚊子肆虐，冬天四面漏风，收入不稳定，未来一片迷茫，在羡慕之前，不妨问问自己，你真的能够忍受这一切，真的能够在不知前路如何的情况下拥有喝茶晒太阳，看雪山浮云的逍遥心境？

如果你能够做到，倒也不失为一个幸福之人。

如果你还不能做到，那就请拿出十二分的诚意，认认真真为自己和梦想打拼。

家里的近邻远亲中，总有一些弟弟妹妹们在网上问我，怎么学习才能考高分，考上好大学？学什么专业比较好？大学要怎么度过，才能对将来有益？怎样找到高薪、有前途的工作？

我不知道问这些问题的弟弟妹妹们是心血来潮，还是真的希望我能够给出标准的答案，好让他们一步一步照做。我只知道，他们并不是想知道学习方法、工作方法，而只是想听一听前辈的经验教训，好让自己少走弯路。

其实他们大概是想知道，怎样才能不拼命学习也能考高分；如何在不必承受压力、不必太过努力的前提下拿到高薪；有没有一种生活是每天吃喝玩乐，然后还有时间给自己充电；有没有可能我什么都不做，听一听前辈的话，就能够坐在电脑前找到自己未来的方向；是不是得到的答案越多，就越明白我自己适合做什么样的工作，适合走一条什么样的人生路。

我们为什么要在人生最该挥霍放肆的青春年华里，谨小慎微得像一个老人？为什么在一无所有的时候，就一副输不起的模样？为什么不明白这样简单的道理：出人头地的未来和安逸闲适的生活，好比鱼与熊掌，不可兼得。

我的身边没有比我大的哥哥姐姐，这或许是一件幸事。因为没有榜样，没有指引，所以走过许多弯路，领受过许多失败。不过，所有的体验，都是我亲身经历的；所有的路，都是新的，都由自己亲自走过，切身地知道好坏对错；所有的未来，都由自己开创——在这样莽撞无谋的路上，我才得以一点点看清自己。

这世上并没有一条捷径，让你踏上去，就有光明未来。
不经历错的人，就遇不到对的人。
不曾跋涉过艰苦旅程，就看不到梦想对你绽放的甜美笑容。
不将命运的百般滋味一一领受，就不会知道平淡是怎样的美妙滋味。
有时我们都像那个想要鱼和熊掌兼得的蠢笨之人，只看到万事万物的光鲜表象，妄想着一劳永逸。
但更多时候，要记得踩在坚实大地上，埋头于眼前的琐碎苟且，心平气和地等待云开雾散后的未来。

第七章　愿有人陪你到天明

你若在场，我的世界会更好。
不过请放心，
你若不在，我一个人也会好好活。

你若还在场,世界会更好

人生路漫漫,多数时候都需要自己一个人一步一步走完。终有一日,我们都会理解这个事实——所有的人都会离开我们,就像我们有一天会离开所有人。

第一人

她是单亲家庭长大的孩子。在她很小的时候,她的父母离婚,母亲改嫁给自己的情人,她跟了父亲。虽说是单亲家庭,但她觉得自己过得很幸福,她和父亲感情好,尽管父亲做生意做得风生水起,但是再忙也会抽出时间陪她,而她从小就聪明,学习好,多才多艺,一直是父亲的骄傲。

高中毕业,父亲送她出国留学。她舍不得离开父亲,撒娇道:"留在国内读书不是一样吗?"父亲却很坚持,劝她:"出去看一看世界,拓宽眼界胸怀,对你将来有好处。趁现在我还有能力……"

她不忍再反对,一个人拎着行李去了异国。刚开始时,她因为想家哭过好多次,慢慢地就变得坚强起来,独自做很多事,努力交朋友,在越洋电话里和父亲眉飞色舞地描绘留学生活,父亲很高兴,许诺等她毕业带她去旅行:"你想去哪儿,咱们就去哪儿!"

很快她毕业了，父女俩却没有去旅行。她当时非常想进入另一所大学的某位教授的研究室，忙着应付好几场重要的考试和面试，而父亲的生意也更忙了，旅行的事不了了之。

等到她拿到研究生名额，稍稍有了些空闲，父亲却病倒了。她心急如焚地回国，才知道是绝症。

她在父亲病床前强颜欢笑，给父亲讲各种各样的趣事，等到父亲睡去，她就一个人躲在医院的厕所里哭，向所有神明祈祷，希望时光倒流，父亲永远年轻，而自己永远是个还没长大的孩子。

神明当然不会回应她的愿望。没过多久，父亲去世，她心力交瘁地处理完后事，卖掉父亲名下的几家店，独自回到学校。

既然父亲都不在了，回国也没有意义。她下定决心，要在异国扎根。

此后，她拿到学位，顺利签到一份不错的工作，结婚生子，在郊外买下自己的独栋房子，事业稳步前进，家庭幸福美满，在异国安定下来。

有时候，她开车穿过繁华街道，会想起父亲，想起当年父亲说的话："出去看一看世界。"

时间呼啸着向前，她已经看过这个世界的许多风景，并且还在继续前行，却把父亲留在了身后。

她忽然想要完成一场迟到的纪念。

她请了长假,带着父亲的照片踏上旅途。去每一个曾经设想和父亲一起去的地方,在巴黎的埃菲尔铁塔下,在伦敦特拉法尔加广场的鸽群中,在巴塞罗那的海港夕阳里,她抱着父亲的照片,留下一张张合影,在心底默默告诉天国的父亲:我们来过这里。

她将这些照片集结起来,以《我和父亲的旅行》为名,传到社交账号上,引来数以万计的点赞和评论。一位刚刚失去父亲的女孩在照片下面留言:"这是最好的纪念。"

她看了,泣不成声。

"父亲,当年在你怀中的小女孩,已经长成一个美丽、强大、幸福的女人。我参加行业盛会,可以在数千人面前侃侃而谈;我有一个温柔的丈夫,还有一双乖巧的儿女,一家四口常常去海边度假……我已经可以独自应对这个冷酷又温暖的世界,独立承担得失生死。但这一路的波折、悲喜、成就、幸福,你若可以见证,该有多好。"

你若还在,该有多好。

第二人

萨琳娜是某著名时尚杂志总编,像电影《穿普拉达的女王》中梅丽尔·斯特里普饰演的时尚女魔头一样,气场强大,直觉敏锐,非常强势。

刚进杂志社时,她可不是这样。当时她只是个小小的助理，任人使唤、责骂。和她同期招进来的黛茜，也是助理，却比她聪明得多，工作完成得好，又会讨人喜欢，挨骂也少得多。

虽然境遇相差很多，两人却很要好。手牵手一起去吃甜品，逛时尚品牌店，买衣服、化妆品，恋爱时互相出主意。谈及职业理想，她们都会说起那个穿普拉达的时尚女主编，无限神往，两人约定，要像女主编那样，成为纵横时尚圈的大人物，以后还要携手创立属于自己的时尚品牌。

黛茜对她很好：她做事有点笨手笨脚，黛茜经常不着痕迹地帮她；她生病时，黛茜给她煮好喝的蔬菜粥……在学生时代没有找到的好朋友，在职场上找到了，萨琳娜很开心。

萨琳娜的助理工作做得不够好，策划才能却很出众，偶然的一次机会，杂志社打算做一个专题，邀请一些明星来做专访，开会时，萨琳娜鼓足勇气谈了自己的一些想法和创意，引起了总编的兴趣，当即破格让她加入这个专题的编辑组，负责一个具体的策划案。

萨琳娜一步步绽放光彩，等到她开始独立负责一个栏目，并将它打造成杂志最受欢迎的栏目时，黛茜仍然是一个助理。两个人一起去吃甜品，一起去逛街，忽然变成一件艰难的事了。黛茜开始躲着她。

终于，黛茜草草辞职。临走时，她给萨琳娜发了一条信息：对不起，我无法控制自己不去嫉妒你，我讨厌这样的自己。再见。

她们从此没了联系。

现在的萨琳娜，穿着普拉达出入各种时尚典礼或晚宴，交际场上八面玲珑，工作起来雷厉风行，早已不是当年笨手笨脚的模样。她常常想起当年那个对她好，和她一起畅谈理想的女孩。

世事弄人，那个和她有着相同理想的女孩，却无法见证她的成功。

是的，喜悦无法共享，悲伤无法分担，梦想是注定孤独的旅程。

但你若还在，该有多好。

第三人

有一位话剧导演，45岁以前忙于组建剧团，写剧本，拉投资，四处巡演，年过半百才结婚生子。一次参加电视节目，台下有人问他："您有没有想过，自己很可能看不到儿子长大成人，有可能他的毕业典礼、结婚典礼都不能参加，您不觉得遗憾吗？"

导演笑了，说："你觉得我会遗憾，那是因为你觉得这世上大多数人都能亲眼看着儿女长大，那我问你，假如世界上只有我一个人，没有其他可以比较的人，你还觉得我遗憾吗？我们为什么要拿自己的人生和别人的相比呢？每个人都应该有他自己的人生。如果非要回答你的问题，那我可以说，我这一辈子，一直都在做我想做的事，我没有任何遗憾。"

他一定也会这样告诉他的儿子：每个人都是在活自己的人生。我若不在，相信你也会很好。

这个世界上，多的是遗憾。子欲养而亲不待，是遗憾；还未道别就已离散，是遗憾。很多时候，你只能眼睁睁看着曾经拥有的被时光席卷而去，纵然千百次回过头去，也无从挽回。

更有一种更无言的遗憾，叫"不在场"。

成长的过程无人见证；你哭，笑，悲，喜，没人看见；有一天你万众瞩目，最重要的那个人却不在场。

于是你慢慢明白，你努力活着，说话、哭、笑、付出、成长、奋斗、爱一个人，无非想要被看见。

小时候，只要有爸妈看着你，你就敢去探索这个陌生的世界；长大后，只要有朋友、爱人看着你，你就敢去闯荡，追梦，献出你全部的爱意。

有那个人在场，你说什么，做什么，你的勇敢和坚强就都有了意义。

可是人生路漫漫，大多数时候都要自己一个人一步一步走完。

就像龙应台所写,有些事,只能一个人做;有些关,只能一个人过;有些路啊,只能一个人走。

终有一日,我们都会理解这个事实——所有的人都会离开我们,就像我们有一天会离开所有人。

所以,面对离散,可以尽情地不舍,流泪,但最后仍要心存感激,挥手道别。

就像那位台湾导演说的:每个人都是在活自己的人生。

你若在场,我的世界会更好。

不过请放心,你若不在,我一个人也会好好活。

与你的软弱握手言和

受伤的时候,痛苦得难以承受的时候,放声大哭一场,又有什么不可以?就尽情地让自己软弱,向命运撒娇赖皮,向这个世界的残酷暂时举手投降,又有什么不好?

化妆品公司的会议室里,市场总监正在批评自己的助理。

"身为化妆品公司的职员,而且还是总监助理,没化妆说得过去吗？你打算就带着这张素面朝天的脸和我一起去见客户吗？

"你再看看你这身衣服，是早上起来没来得及换的睡衣吗？如果你对这份工作没有起码的尊重和职业素养，那就不用再做了。"

总监皱着眉训话，助理眼圈发红，一声不吭。

"今天你不用跟着我了，就留在办公室处理文件吧，记住，下不为例！"

女助理退了出去。总监揉一揉因生气而发痛的太阳穴。这已经是第几天了？工作完全不在状态，他记得从前的她不是这个样子的。

从前的她，每天都会打扮得优雅大方，永远笑容满面，能力强，专业知识又熟练，待人接物更是没得说，穿着十厘米的高跟鞋穿梭在各个办公室之间，既干练又潇洒。

她应该是这样的。如果她不优秀，怎么可能成为他最得力的助理？

可是这几天，她一直都是这副没精打采、恍恍惚惚的样子，难道发生了什么事？他觉得刚才的斥责可能太草率了。

他起身去办公室找她，她不在那里。问其他人，说她去了洗手间。和她关系好的同事轻声说了一句："她最近好像经常躲在洗手间里哭。"

总监忙问："怎么回事？"

"我也不知道,问她也不肯说,但那天听到她在走廊打电话,好像是说她奶奶去世了。"

总监吃了一惊:"可是她都没有请假……"

"这我就不清楚了。"

后来,总监找到她,深谈了一次。这次,她老老实实说出了奶奶去世的事。

问她为什么不请假回家,她说:"奶奶是突然心肌梗死去世的,我接到妈妈电话的时候,奶奶已经火化下葬,回去也见不到了。"

说完,她又补充道:"爸妈在我上高中时离婚了,我跟了妈妈。爸爸再婚后,我就好久没回去了,奶奶也是好多年没见过了。妈妈肯定觉得没必要让我回去,所以才推迟几天告诉我消息。可是,我是奶奶带大的……"

"就算不回去,你也可以请假休息,何必强撑着来上班?"总监叹道。

"我以为我没问题的。"她微微鞠躬,"抱歉,给您和大家都添麻烦了。"

"不用这么逞强。"总监说。

这话本是好意,女助理却摇摇头:"不是逞强,我只是不愿意给大家的工作添麻烦。况且,奶奶曾经跟我说过,死是一件自然的事,她说,以后她要是死了,让我一定不要难过,不然她会不放心。所以我想,我应该很平常地对待这件事,否则她会挂念我,舍不得走……"她看似平静地说着,眼泪却止不住地流了下来。

看着这个一脸倔强的女孩,总监安慰道:"你的奶奶说得没错,但对于你而言,最亲爱的人去世了,当然会伤心,会难过,痛苦的时候,就尽情痛苦吧,大声哭也没关系,软弱也没关系的,等你从伤痛里走出来,再来逞强。"

她愣住了,继而卸下了一身"盔甲",放声大哭:"奶奶走得太早了,小时候我跟她说,将来挣了钱要带她环游世界,我还没有来得及实现我的诺言,以后永远都没办法实现了……"

干练潇洒的职场女强人,原来也在有伤心的时刻,脆弱得像一个失去依靠的小孩。

大约生命是这个世界上最无常的一种存在。有时你和家人、恋人、朋友在一起,彼此幸福美满,便以为时光将永恒延续,然而人祸天灾,往往只是一瞬。

小学时,班里有同学父亲去世,请了很久的假,那段时间,我回家看到爸爸一如既往哼着小曲儿在厨房给我做好吃的,就会觉得自己好幸福。

十几岁的时候,敏感得很,一想到父母总有一天会离开我,总是忍不住泪流满面。那时我想,人怎么能忍受得了那种分离之痛呢？只是设想一下都觉得异常痛苦。

再后来，长大了一些，终于开始明白，生命的逝去，于我们而言是无常，对这个世界来说，却是再寻常不过的事。而和爱的人生离死别，是人生中不可避免的。不管你愿不愿意，不管你是主动还是被迫，都必须经历。

借着这一场"别离"，上天让你领悟到生命如斯珍贵，情意如斯厚重。

面对这一场"别离"，最好的方式不是故作坚强平和，不是以麻木来抵挡伤害，也不是以冷硬来抗拒磨难，而是接纳伤痛，释放悲伤，明了生命本质的残酷，然后对生命有更柔软、更温暖的理解。

有一次，戴安娜王妃去看望一位身患绝症的小女孩。

小女孩遭受了很多常人难以想象的痛苦。每一次化疗都像在炼狱里走过一遭，需要忍耐药物严重的副作用，咬牙撑过成年人都觉得痛苦不堪的治疗。自从知道自己的病情以来，小女孩没有哭过，没有喊过一次痛。父母、亲友、医生、护士，所有人都夸她坚强，也都鼓励她继续坚强下去，相信希望就在前方。

而戴安娜王妃来看望她时，什么也没问，什么鼓励的话都没说，只是抱着她说了一句："很痛苦吧？想哭就哭吧。"

小女孩终于像个真正的孩子一样失声痛哭。

不是不能坚强，不是不能独自撑过、熬过所有苦痛，但这所有的煎熬和逞强，都不如放声大哭一场来得有效。因为这一场哭泣，是对自我和伤痛的温柔接纳。

而接纳过后，才能真正地面对。

曾经有相熟的姐妹失恋，失业，还失去了自己最爱的宠物，一下子陷入人生的低谷，她伤心过度，无法振作，窝在家里不出门，提不起精神做任何事。

几个姐妹相约去她家，她蓬头垢面、脸色憔悴地来开门。坐下来聊天，她说起劈腿甩掉她的前任，说起人生前路的茫然，说起宠物死之前的情形，满脸都是无法释怀的苦闷，但问起她有没有哭过时，她却咬牙道："我不想为了这种事情哭。"

我们都愕然，或许她觉得哭泣代表软弱，但若不为了这种事情哭，那人生还有什么值得哭泣的事？

"我们来看电影吧。"

正在大家面面相觑，不知该说些什么的时候，有人建议。

选了一部催泪电影，准备了一大沓纸巾，几个人陪着她边看边掉泪，等到电影播完，朋友的眼睛肿成了桃子，那压抑在心底的悲伤好像真的释放了许多，减轻了许多。

后来这位姐妹和我们说："哭的时候才肯承认，其实我好伤心，好难过。但神奇的是，哭过之后，发现自己已经没那么伤心难过了。"

我们都是人，普普通通的人。

我们当然可以咬牙走过很长的路，熬过许多难熬的伤痛，但我们不是无坚不摧的，躯体和心灵都不是。

受伤的时候，痛苦得难以承受的时候，放声大哭一场，又有什么不可以？就尽情地让自己软弱，向命运撒娇赖皮，向这个世界的残酷暂时举手投降，又有什么不好？

承认脆弱，才能治愈脆弱；释放悲伤，才能赶走悲伤；流着眼泪，和软弱的自己握手言和，时间才会愈合一切。

平凡是必然，不是选择

假如你真的走上了平凡之路，那一定不是选择，而是你走过璀璨之路和荆棘之路以后，必然的抵达。

朴树沉寂十年之后在网络上发布的新歌《平凡之路》点击量超过百万时，正是我的一位忘年交宣告抑郁症暂时治愈的时候。

之所以说暂时治愈，是因为谁也不知道她的抑郁症什么时候会再次复发。

当时她听了这首歌，听了许多人的议论，只说了一句："这首歌，得过抑郁症的人自然听得懂。"

言下之意，除此之外的诸多解说，都是各自的牵强附会？

不是的。她说，其他人说的当然也是对的，在十年前的"生如夏花"之后，朴树只想走一条"平凡之路"，可是，这首歌里的某些东西，无法确切形容出来的某些微妙感受，她相信只有抑郁症患者才懂。

据说朴树淡出的十年间，有好几年都被严重的抑郁症折磨着。

如今，他在走出那场折磨之后，用异常平淡的声音唱着："我曾经毁了我的一切，只想永远地离开；我曾经堕入无边黑暗，想挣扎无法自拔。"

或许真的像友人所说，这并非仅仅是在说梦想的破碎，青春的失落，也是在描述抑郁症发作时内心所感受到的绝望和黑暗。

友人的抑郁症，由来已久。

第一次发作的契机是她30岁那年母亲的去世。

她当时在外地工作，接到母亲病重的电话，连夜往家赶。

赶到医院时，母亲坐在病床上，笑着和她打招呼，脸色尚好。她松了一口气，随后和父亲细聊，才知道母亲的病情已是晚期，医生预言寿命不过半年。说起这些，父亲哭得像个无助的孩子："你妈妈还不知道……"

她搂过父亲，轻抚着他的肩膀，强忍着没有落泪。

三个月后，母亲病逝。她忙前忙后办葬礼，来不及伤心，来不及回忆往事。父亲失去母亲，一蹶不振，她一边照顾父亲，一边处理各种琐事，还要匀出精力来兼顾外地的工作。

等到她终于安顿好了一切，工作重新步入正轨，把父亲接到她所在的城市，已是半年之后。

逝去的人已经逝去，活着的人生活还得继续。这样的道理她当然懂。她比过去更努力地工作，仿佛是为了让天国的母亲安心，她比以前更努力成为一个优秀的女人，甚至交到了一个优秀的男友，仿佛是为了弥补命运从她身上夺走的幸福。

崩溃来得毫无预兆。

某天下班回家，父亲出去散步，她直接去浴室洗澡。温度调得刚刚好，热水淋在身上，却毫无毛孔张开的舒服感觉。她觉得自己像是一截木头站在沐浴头下，全身僵硬，失去了知觉，胸口有一团黑色的阴翳慢慢扩散，巨大的绝望笼罩过来，让她无法动弹。她忽然想，人生有什么意义，工作,努力赚钱,结婚生子,这一切到底有什么意义?

很奇怪,忽然就再也找不到振作起来的理由。

第二天早上,不想去上班。第三天,第四天,很快,她失去了工作,失去了男友。父亲开始为她担心,带她去医院,诊断结果出来:抑郁症。

吃药,心理辅导治疗,药产生副作用,再吃药治疗副作用,病情稍稍好一点,减少治疗次数,病情加重,增加治疗次数——很长一段时间,她就被这种治疗反复折磨着。

在状态好的时候,她自己说:"真的很奇怪,你看,此时此刻,我知道这个世界有美好的一面,知道自己身体健康,各个器官运转正常,知道活着本身就是一种很美妙的体验,但发病的时候,就是振作不起来,看不到一丁点儿希望。"

在此之前,她是一位优秀能干的外企高级经理,刚刚升职,有了外派出国的机会,而她男友在外资银行工作,两个人都是才貌双全,眼看着就将走向童话般的结局。

她忽然得了病,工作丢了,男友丢了,吃药、治疗,不知何时才是尽头。

幸运的是,她最终走出来了。

走出来的契机同样来得突然。

那天她状态还好，忽然很想一个人去爬山。但刚走到山下，她就开始感到绝望。

怎么办呢？到底爬还是不爬？想着想着，脚步已经不知不觉往前迈了。中途很多次，她都想停下来，从山上滚下去，但她没有，就那么麻木机械地往前走了许久，终于到了山顶。

山顶的风景美得令人窒息，她却完全无心欣赏，脑子里一遍遍想着等下要一步步走下山，要站在路边打车，坐车，告诉司机目的地，给车费，下车，走进家门……

太麻烦了，等下真的可以完成这么麻烦的事情吗？要不还是不要下山了，就站在这里吧……

她在绝望里失了神，直到天空飘下第一片雪花。

居然下雪了，这还不是冬天呢。

她吃惊地看向灰蒙蒙的天空，雪不断往下掉落，将周围的声音一点点吸收干净，无声的世界里，雪下得大而安静。

地面很快积了薄薄一层，未被踩踏过的雪，看起来格外柔软。她听到旁边一个小女孩惊呼一声，然后拉着妈妈的手在雪地里又蹦又跳。见她在一旁发愣，小女孩又跑过来牵起她的手。

那个下午，她跟着一个孩子又唱又跳，仿佛回到了小时候。

这一场大雪纷纷扬扬，像是下在她心里，雪花明明是冰凉的，却温暖了她的心。

她忽然毫无来由地相信，一切都会好起来的。

如今，她做着一份笔译的工作，收入不高，也不必高强度地工作。

她不再逼迫自己变得更优秀，只是告诉自己，不管怎样都好。

她想，这一场抑郁症的折磨或许是在提醒她，是时候换一种态度面对人生了。

从前她是个工作狂，工作起来简直不要命，年轻的时候当然没太大问题，但如果一直这么下去，大概很可能在35岁的某一天因劳累而倒下，在看过不多的风景之后人生便仓促结束。

而此时她见到的风景，很缓慢，很模糊，但她很享受这种平凡安然的状态。

不是假装无欲无求，假装心如止水，而是真的能够淡然地领略人生的风景。

今日再听《平凡之路》，她明白了一个道理，从生如夏花，到毁了自己的一切，堕入无边黑暗，再到平凡之路的回归，这并非一种选择，而是一种必然。

你不能在像夏花一样绚烂地活过之前就选择平凡，这样的平凡，只是平庸；

你也不能在经历黑暗和毁灭之前就选择平凡，这样的平凡，只是逃避。

假如你真的走上了平凡之路，那一定不是选择，而是你走过璀璨之路和荆棘之路以后，必然的抵达。

我们都会变成更好的自己

你有你的泥沼，我有我的泥沼。我们都在生活的泥沼里仰望蓝天，一步步接近更好的未来，不是吗？

你的来信

亲爱的旧友：

你还好吗？

看到这句话，我知道你可能又要皱眉撇嘴了。

你从来都讨厌寒暄客套，有时和熟人在路上遇到，熟人寒暄几句，问你去哪儿，吃饭没，最近好不好，你都会像傻瓜一样站在路边，认认真真思考你打算去哪儿，是刚吃过早饭还是午饭，最近到底活得好不好。

其实你也知道，别人只是随口一问罢了。

你一直是一个认真过头的女孩子，思考的时候永远眉头紧拧，好像人生是一个解不开的难题。这样的你，把握不好寒暄客套的度，也不知道如何恰当地应对，所以你对此讨厌极了。你问我,人们为什么要浪费时间来说这些客套话?

后来你听人说,芬兰人私人空间大得出奇,他们从来不寒暄,当他们问别人最近好不好时,那是在期待真诚而有分量的回答。

你开心地把这些事说给我听,感叹说芬兰真是个理想的国度,以后要去那里终老一生。我很不识相地给你泼冷水:芬兰的冬天,早上刚起床,天就快黑了,在那里待久了很容易抑郁,而且那里剪头发贵得要命,你这么爱美,天天都要去美发店做保养的人,很快就会破产的。

你当然知道我是故意损你,所以并不介意。在我们相识的日子里,我们一直都是这样的损友关系。

所以,我怎么会和你客套寒暄呢?然而现在那句"你还好吗",真的是我在和你分别这么多年后,最想问的一句话。

那个时候我们多年轻啊,脸上的痘痘一颗一颗地往外冒,看着隔壁班班花吹弹可破的皮肤,觉得自己像只丑小鸭,总是低着头走路。

但如今回想起来,我竟然觉得那些痘痘也是美好的,就像我们刚刚绽开的青春。

未来那么远,那么长,仿佛永远都不会到来,也永远都不会结束。

唯有青春,灼灼盛放。

我们一起上学放学，一起读书自习泡图书馆，一起跑步，一起逛街，偷偷买化妆品学化妆，互相毒舌点评对方喜欢的男生，陪对方去看偶像的演唱会，甚至还曾经一起离家出走，在大街上夜游好几个小时，之后因为实在太害怕，各自灰溜溜地回家。

我记得那时我生病请假，从不爱记笔记的你，居然认认真真做了好几天的笔记，将笔记本递给我时，还故意装出一副不耐烦的表情；我被老师叫到走廊上说教那次，你在老师身后冲我做鬼脸，逗我开心，后来被老师发现，两个人一起挨了骂；我喜欢的男生交了女朋友时，你陪着我一起骂他，说他没眼光，诅咒他们早点分手，甚至趁着给楼下花坛浇水的机会，故意手一滑，浇了他俩一身。

现在，还有谁会陪我做那些事，还有谁会为我做那么多事呢？

我们都长成了忙碌、自私、焦躁的大人。

知道两个人考上同一所大学的时候，我们多开心啊，炎热的天气里，开心地跑去买最喜欢的冰激凌，各自举着，像喝酒一样碰杯。

都以为能够一直一直在一起，直到当上彼此孩子的干妈，直到有一天老了，还能手挽手一起去逛街。

谁知道只是因为专业不一样，各自的交际圈不一样，就那么轻易地疏远了。在食堂里偶遇时，我连你什么时候爱上吃番茄鸡蛋都不知道，我记得你以前完全不吃番茄。

当然不能怪你，因为我的大学四年真是忙得不可开交，忙学生会、出校报、打工、修双学位、实习、找工作，还抽时间谈了场恋爱，唯独没有时间和你联系，哪怕只是在校内网上留个言。

回过头来，才知道我们已经像郭敬明说的："那些以前说着永不分离的人，早已经散落在天涯了。"

现在，我在大城市安了家，在一家不错的跨国企业工作，买了车，房子刚刚付了首付，和男朋友开始谈婚论嫁，未来看起来充满希望。但我总是忍不住回望过去，回望和你一起度过的青春，所有的细节都在回忆里越来越清晰。我不知道自己错失了什么，但我知道，我很想念你。

直到最近，我才得知你的大学四年过得相当不顺，父亲生病，学业荒废了半年，为了就近照顾父母，找工作很艰难，就连恋爱都不顺。你过得那么灰暗，我却不在你身边，连一点关心你的念头都没有，有时想起来要联系你，又觉得你大概已经交了新的朋友，有了新的爱好和圈子。明明是自己害怕面对你无话可说，却给自己找一个高明的借口，说服自己不要去打扰你。

此时的我，仍然不敢直接去找你，只敢给你从前的邮箱发了这样一封信。

心里盼着你还在用这个邮箱，却也盼着你永远不会看到。

很狡猾，对吧？

这么多年过去了，我也只能说一句：对不起。

只能问一句：你还好吗？

我的回信

亲爱的朋友：

我很好。

真的很好。

你知道我不喜欢寒暄，不喜欢说客气话，也不会在别人问"你好吗"的时候，不走脑子随口答一句："我很好，谢谢。你呢？"

所以，我真的是在认真思考过后，才回答你：我真的很好。

是啊，这么多年过去了，一切都已改变。

科学家说，人身上的细胞七年会全部更新一遍。我们是不是可以理解为，每过七年，我们都会新生一遍？

你看，我现在已经新生了。

父亲的病早就好了，他现在健康得很。我荒废的学业在大四之前补上了，顺顺利利地毕了业。刚毕业，我靠熟人关系在家乡找到一份薪资还不错只是和专业无关的工作，做得很不开心，看不到未来。不过，现在我已经来到另一座城市，找到一个适合自己的职业，发展得还不错，买了房子，把父母也接了过来。就连当初不顺的恋爱，如今也重生了，变得更好的我，已经遇到了更好的人。

大学四年，的确是我人生里最灰暗的时期。那时，你就在离我不远的地方，我却仍像是孤身一人，艰难跋涉。所以，你为此自责，悔恨。

但实际上，你根本不用自责，因为当时我的身边还有其他人在，我新交的朋友，宿舍的姐妹，甚至系里比我大不了几岁的年轻辅导员，都对我很好，他们帮助我，鼓励我，为我加油打气，陪伴我，温暖我，和我一起度过那段难过的日子。

我说我是孤身一人，艰难跋涉，是因为，即使再多的人在我身边，我也只能独自面对人生。你，我，我们所有人，都是这样的。你有你的泥沼，我有我的泥沼。我们都在生活的泥沼里仰望蓝天，一步步接近更好的未来，不是吗？

所以，你何必自责呢？

不如我也用一句郭敬明的话回答你吧："假如有一天我们不在一起了，也要像在一起一样。"

你的信里，提到我对你的好。但你知道吗？其实你对我更好。

那时我生病，爸妈都去上班了，只剩我一个人在家，你翘了课，专门来陪我，给我熬粥，为我做冰袋降温；我和男生打架被教导主任抓住时，你作为学生会干部，却为我挺身而出，说打架的人也有你，你愿意和我一起挨罚，最终逼得教导主任不了了之；我喜欢的男生拒绝我的表白时，你也陪我一起骂他没眼光，诅咒他以后都交不到女朋友，一直是乖学生的你竟然利用学生会干部的职务之便,说服老师,把他的名字从演讲比赛的名单上删掉了。

后来你说那是你做过的最龌龊的事,不愿再提起,我却一直都记得,因为你那是为了我啊。

你看,我们一直都记得彼此的好。

这样多好。

我们曾经共有过最美好的青春,此后的疏远,不过是缘分、命运使然。

每一种青春最后都会苍老,只是我希望记忆里的你一直都好。

这是我一直喜欢的一句话。

送给你,也送给我自己。

只在自己的故事里绽放

假如你是白昼,又何必非要知道夜色之深?不如只欣赏自己绽放的耀眼光芒。就让每个人都只在自己的故事里绽放吧。

我曾经听说过几个与你有关的故事。

只是与你有关而已,在这些故事里,你不是主角,只是配角。

如果把你比作一朵花,那么你并没有在许多人的注视下,开在三月烟雨里,败在暮春黄昏后,赚足人们的欣喜和欢笑,伤怀与眼泪。

是的,你并没有。你只是开在别人盛大的故事背景里,静静地开,静静地凋谢,来过,又走了,有人看到,有人没有看到,有人记了一生,有人转瞬即忘。

这很寻常。因为你只是你自己的主角,每个人都只能是自己的主角。

可惜这道理你领悟得太晚。

第一个故事

她是你的好朋友之一。

你却是她人生第一个好朋友。

此前她当然有过很多朋友,从小一起长大的发小,小学、初中、高中的玩伴,在网上聊得来的朋友,旅行时结交的朋友,但直到大学与你相遇相识,她才觉得自己的人生里第一次有了好朋友。

在她心中,朋友和好朋友的概念相差甚远。

她不会对朋友说自己羞耻的糗事,不会向朋友倾诉幼稚的梦想,不会告诉朋友自己曾经为暗恋的人做过多少傻事。

但她会告诉你。

你问过原因。她说,她觉得你懂她。

是的,在她心目中,你们是彼此的知己。

知己这种感觉很难说,同寝室四个人,她就只喜欢和你玩,只有在面对你时,才有说不完的话,只有和你在学校后门把酒言欢,才觉得痛快。

但她几乎是带着悔恨在诉说这个故事:不食人间烟火的知己,在青葱校园里尚且可以维持纯粹,一沾染现实,就一败涂地。

毕业前,她抢了你的男友。

真的不是故意的。是你的男友追的她,而她觉得,无论如何,爱一个人是没有错的,她在你面前哭泣,真的对不起,对不起……

你气得打了她一个耳光。

毕业后,你们断了联系。

现在,她后悔得不得了,恨自己当时鬼迷心窍。如果再给她一个选择的机会,她说她一定会选择一辈子的友情,而不会选择一场转眼成空的爱情。

可是,谁知道呢?

每个人都只是在当下那一刻做出了自以为正确的决定。那一刻过去了,就永远地过去了,没有重来的可能。

第二个故事

他是你的第一任男友。

你却不是他的第一任女友。

是谁说过,这个世界上从来没有对等的爱。

有时,你喜欢他,他不喜欢你。有时,他喜欢你,你不喜欢他。还有些时候,你们两情相悦,付出的感情却并不对等:你全情投入,一心一意;他却边爱边退,要么沉浸在上一段失败的恋情里无法自拔,要么视线里还有除你之外的其他女孩。

你和他就是如此。

他说,他决定和你在一起的时候,真的是下了决心要对你好。

每一个节日他都陪你一起过,送你礼物,每天给你发短信,关心你,照顾你,为你做一切男朋友该为女朋友做的事。

可是,怎么办呢?夜里说梦话,他叫的不是你的名字。走在大街上,他眼神留意的女生类型,永远是像初恋女友那样长发飘飘、长相清纯的女孩。他忘不了她。

大四的时候,你留起长发,黑色的直发,走动时随风轻扬。他却忽然觉得无法和你在一起了。他说你长发飘飘、抿着嘴不说话的样子,太像他的初恋了。他受不了。

追你的好朋友,纯粹是巧合。他说,恰好她离得最近,而且是短发女孩。

他当时脑中所想,只是想要迅速地离开你,最好是用你无法接受的方式。

果然,你当时什么也没说,就离开了他的视线。

六月毕业季以后,你们再未相见。

如今,他再想起你,只能记起一个模糊的影子。

这样的男人,心里记得最清楚的,总是那个一度得到又永远失去的初恋。唯有初恋,是记忆里最初的美好,此后谁也不能取代。

第三个故事

他们是你的父母。

你是他们唯一的女儿。

他们曾经认为,自己是世界上最好的父母,而你是世界上最好的女儿。

你们不像别的家庭,父母是父母,儿女是儿女,你们没有隔阂,亲密得好像朋友、知己。你们几乎无话不谈,他们那一代人过去的故事,他们的烦恼,你都会认真听,而你喜欢的流行音乐,你在学校的见闻,甚至你的心事,他们也都会用心倾听。

你们一起去旅行,一起去新开的餐厅尝鲜,一起去江边散步看夜景,甚至你有了暗恋的男生,他们也不像别的家长那样反对早恋,而是光明正大地给你分析利弊,为你鼓劲。

直到你的叛逆期来临,这个完美的家庭蒙上了阴影。

他们说,你的叛逆期来得很晚,在大学毕业后才开始叛逆。

本来，他们打算和你一起商量。他们并不打算干涉你的职业选择，对你的人生规划指手画脚，他们只是想要用自己的阅历和经验，为你提供一点小小的参考。毕竟，从小到大，关于你的任何事情，都是一家人商量决定的。

谁知道，你完全不和他们商量，就私自申请去国外当交换教师，而且去的是远在非洲的一个很小的国家。

这是怎么回事？他们一下子有点懵。

你办好一切手续，抵达目的地，才给他们打电话，让他们不要担心。

他们怎么可能不担心呢？但没有办法，他们只好等你一年交换期到期回国，再和你谈。

他们没料到的是，你回国后又马不停蹄地去了上海，在那边做了一名翻译。从此在世界各地飞来飞去，极少回家。

你的父母这次真的伤心了。

他们仍然一起去旅行，一起去新开的餐厅尝鲜，一起去江边散步看夜景，但他们有时坐在家里，面面相觑，会想着："我们做错什么了？为什么女儿会变成这样？离我们这样远？"

听完这三个故事，我发现自己根本拼凑不出你的模样。

每个故事都与你有关，可是每个人在讲述的时候，都是在说自己。

如果在从前,你大概会说,人都是自私的。但现在,你只会说,你可以理解。若你来讲述这三个故事,当然也只会说自己。

每个人,不管和你多么亲近,都只能活自己的一场人生,不是吗?

你告诉我,在第一个故事里,你的好朋友说出那句"你懂我"的时候,你真的很感动,心里想,一定要成为世界上最懂她的人。

她喜欢看电影,所以你也看电影,而且只看她看过的电影,为的是某一天她和你聊起来,你可以对答如流,还能说出合她心意的回答;她喜欢在有风的时候站在阳台上发呆,喜欢在有云的日子里躺在草地上听音乐,喜欢在有星星的夜晚去操场散步,你陪着她,希望能够在每一个合适的时机,背诵几句她喜欢的诗;她有一个幼稚的梦想,告诉了你,于是你去查阅一切和这个梦想有关的资料,了解这个领域的所有动态,为的是有一天可以成为她梦想的助力。

没错,你们是知己。你当然懂她。哪怕全世界背叛她,反对她,你都会站在她身边,说一句"我懂你"。

结果,你只看到一个你再也看不懂的她,挽着你的男友,出双入对;看到她来跟你说对不起,眼神里却没有一丝悔意。

在第二个故事里,你原本也以为你和他是两情相悦,但后来渐渐察觉,他对你有些心不在焉,那阵子,恰好你第一次听说了他初恋女友的故事。你那么爱他,当然愿意为了他而改变,你想,哪怕只是替身也好,只要他愿意把视线停留在你身上。

于是,你蓄起长发。你的头发长得很慢,发质也不好,整整两年的时间,你花了多少时间来打理,费了多少心思来保养,才养出一头黑亮的长发。你知道他的初恋女友是冷美人,所以你也故意减少了表情,尽量冷着一张脸。

结果,他为了从你身边逃走,去追求你的好朋友。那个时候你还天真地想,怎么会是她呢?她明明和他的初恋一点儿都不像。

在第三个故事里,你起初也觉得,你的父母是天底下最好的父母。别人的父母都很严肃,你的父母却从来也不凶你,永远温言软语,问你的意见。别人的父母都说一不二,你的父母却永远耐心地和你说话,哪怕你的话再幼稚,他们也不会嘲笑你。

你是真心想要成为他们心目中最好的女儿,温柔,善良,优雅,有教养,聪明,讲道理。你走在他们中间,挽着他们,得体地微笑,你是他们这辈子最大的骄傲。

等到你终于发现你的错误时,你已经失去了最起码的自由。

考大学时,你想考一直很感兴趣的新闻系,你想当一名记者,父母却觉得你不太适合,当记者太辛苦了,而且这个职业很不安定,压力也大,他们轻声细语地建议你,是不是学英语更好一些?英语很重要,学好了总没有坏处。你觉得呢?

每一次,他们和你商量,最后总会说一句"你觉得呢",然后以殷切又亲和的目光注视着你,仿佛早已知晓你无法拒绝。

你当然无法拒绝。你是他们心目中最懂事的女儿啊。

所以每一次你都点头说好。

直到毕业时,你才终于第一次违背了父母。因为好朋友和男友的背叛终于让你意识到,你错了。错在总想成为别人故事里的主角,满足别人的期待,却对真实的自己置之不理。

结果,你绽放在他人的故事里,成了配角,却从未在自己的故事里以主角的身份绽放得鲜妍美好。

你告诉我,此后你只会在自己的故事里绽放。

不会再为任何人,演绎出一个虚假的、连自己都讨厌的你。

村上春树说:"白昼之光,岂知夜色之深。"很像《白天不懂夜的黑》唱出的那种隔阂和无奈。但假如你是白昼,又何必非要知道夜色之深?不如只欣赏自己绽放的耀眼光芒。

就让每个人都只在自己的故事里绽放吧。

这样的世界或许才更美好。